AF441468

* 9 7 8 9 9 4 8 0 4 9 3 0 2 *

د. إبراهيم الملحم، بكالوريوس طب بيطري مِن جامعة الملك فيصل بالأحساء، وحاصل على المركز الأول على الدفعة، ماجستير في علم الفيروسات وتشخيصها المعملي.

له مقالات كثيرة منشورة في الصُّحف المحليَّة – وبالذَّات في جريدة اليوم – تحمل رائحة النقد في مجالات عديدة.

الإهداء

إلى كلِّ مَن أضفى على حياتي قيمة، أعلاهم الأبوَان الكريمان، والزوجة التي لولاها لكان للحياة لون آخَر تماماً. وإلى شموس حياتي وأقمارها التي تحلو بهم الدنيا: عبد الرحمن، منيرة، لطيفة، صالح، سارة، عبد الله، وآخِر العنقود زياد.. السُّكَّر المعقود.

د. إبراهيم الملحم

عدالة متناهية

AUSTIN MACAULEY PUBLISHERS™
LONDON • CAMBRIDGE • NEW YORK • SHARJAH

أطلقت العاملة صرخة هائلة تسربت لأرجاء البيت كله حتى بلغت مسامع الابن الأكبر، محمد، فأيقظته من نوم كان يغط فيه بعمق. قام فزعاً وقلبه قد سقط في قدميه فاندفع للصالة بالأسفل. ما رآه كان مفجعاً! الأب مسجى على سريره قد هممدت حركته بوجه مزرق وعينين جاحظتين تحكيان دهشة ورعباً! التفت للعاملة بوجه ممتقع متسائل، والدمع يتحدر من عينيها، رفعت يديها ثم حركتهما جانباً قائلة:

- لا علم لي بشيء.. للتو رجعت من بيت خالتك فقد طلبت مني والدتك الذهاب لمساعدتها في بعض أمور بيتها، وقبل صعودي لغرفتي آثرت المرور عليه لأسأله إن كان يريد شيئاً فرأيته على الحالة هذه!

اقترب محمد أكثر من أبيه واضعاً يده على صدره، ليس ثمة صوت.. خاطب نفسه: "ليس من شك أنه قد مات، لكن.."، مرر يمناه على وجه أبيه: "ما هذه الزرقة العجيبة؟!"

أبوه شديد البياض.. "فما الذي غير سحنة وجهه هكذا؟ ثم ما بال هاتين العينين متسعتين على أشدهما؟!"، رأى حالات موت ولم يكن في وجوهها إلا علامات سكينة وهدوء ووداعة كأنما هي نائمة!

طرد تلك التساؤلات من ذهنه والتقط سريعاً هاتفه الخلوي لاستدعاء طبيب!

لم تمض دقائق حتى كان طبيب المستوصف القريب يفحص الرجل.. ثوان معدودات كانت كافية للحكم بأن الرجل قد قضى نحبه.

محمد، وقد عاودته الأسئلة تلح في ذهنه إلحاحاً عظيماً، التفت للطبيب مستفسراً:

- دكتور.. هل لي بسؤال؟

- تفضل.

قالها الدكتور وهو يعدُّ أدواته لإرجاعها لحقيبته.

- هل من تفسير طبي لتغير لون الوجه و...

قاطعه الطبيب اختصاراً للوقت:

- تقصد تلك التغيرات على وجه والدك، الوجه والعينين؟!

سارع محمد في الإجابة:

- نعم هو ذاك!

الطبيب وقد رمقه بنظرة جانبية وهو يهمُّ بالخروج:

- هي تغيرات ناتجة عن حالة اختناق أدى للوفاة، والاختناق في حالة أبيك ربما كان طبيعياً بحكم أنه مصاب بالربو – جهاز الربو على الطاولة بجانبه – وربما تكون جنائية.

محمد وقد اتسعت حدقتا عينيه:

- جنائية؟!

الطبيب وقد تراجع عن السير قدماً باتجاه الباب وقابل محمداً:

- قلت ربما.. احتمال بالغ الضآلة لكنه لا يجب أن يُغْفَل أبداً! عموماً.. هذا موضوع ذكرته لك للمعلومية لا أكثر وإلا فهو خارج نطاق تخصصي.

العاملة وهي تشاهد محمداً وقد جلس على كرسي يطلب الراحة:

- سأعمل لك كوباً من الشاي.

هز رأسه بالموافقة، وأرجع رأسه للوراء مسنداً إياه على خلفية المقعد، قبل أن يتسرب إليه الخدر، دخلت والدته التي كانت مدعوة للغداء في بيت أخيها.. بدا لها الجو غريباً وخانقاً.. رائحة تسربت لأنفها تشي بشيء لا تدري كنهه. قام إليها محمد

محتضناً إياها والدمع قد وجد طريقه إلى عينيه بغزارة. أبعدت أمه وجهه عن وجهها ورمقته باستغراب قائلة:

- ما الخطب يا محمد؟!

لم يقو على كلام.. التفتت إلى جهة سرير والده الذي كان يشير إليه.. كادت ركبتاها أن تخوناها، فأعانها للوصول لأبيه. جلست بجوار زوجها على سريره. خليط عجيب من الدهشة والرعب اكتسحا وجهها. مدت يدها وأمسكت بيد زوجها. سرعان ما أسقطتها فقد كانت باردة ومتخشبة.. التفتت لابنها وبصوت متهدج: ماااااات؟!

طأطأ محمد رأسه وهزه علامة الموافقة وقد ازداد نشيجه..

فأردفت: هل أبلغت اخوانك واختك؟

رفع رأسه إليها وقال بانكسار:

- لم نعلم بموته إلا قبل ساعة من الآن. استدعينا حينها الطبيب للتأكد من حالته ولم يخرج إلا قبل رجوعك بدقائق. أظنهم الآن قريبين من الوصول.

الأم وهي تحاول الوقوف بعد أن هدتها المفاجأة:

- وليد.. أين هو؟!

محمد وكأنه انتبه فعلاً لغياب وليد:

- فعلاً غريب أمره.. لم يكن يتأخر أبداً عن الواحدة ظهراً!

لَم ينتهِ محمد من تعقيبه إلا ووليد قد دخل الصالة عليهم.
لم يبدُ أنه استغرب وجودهم حال دخوله، فسلم ومضى جهة والده من الرضاع.. نظرة أولية له ولوالدته من الرضاع أورثته شكاً.. التفت سريعاً لمحمد الذي لا زالت بقية من دمع في مقلتيه وابتدر سؤاله:

- ماذا جرى.. أبي بخير؟!

أطلقت الأم صيحة كانت تكبتها بداخلها وقالت نادبة:

- مات يا وليد.. مااااات.. مات من كان يحبك حباً جماً.

انخرط وليد معها في بكاء مرير.. جلس على الأرض جوار سرير أبيه مستنداً عليه، ثم التقم يده مقبلاً إياها.. وواضعاً خده عليها يمرره عليها. رفع عينيه الباكيتين إلى وجه أبيه مخاطباً إياه:

- لِمَ رحلتَ عني يا أبي؟ تخلَّت عني الدنيا كلها وأنت.. أنت من أقمتني وسندتني وجعلتني شيئاً بعد أن كنت لا شيء البتة.

هذا الندب المرير هيج محمد مرة أخرى فعاوده البكاء لكن سرعان ما أمسك نفسه ومضى لوليد فأقامه من جلسته واحتضنه بشدة قائلاً له:

- وليد.. أنت أخونا الأكبر ولم تكن يوماً إلا ذاك ولئن مات أبونا فمكانك باق في قلوبنا قبل البيت.

الأم وقد قامت بمشقة.. طبطبت على أكتافهما قائلة:

- لا فرَّق الله بينكما.. أنتم يا وليد عندي بمكانة واحدة، ولقد سبقتهم أنت جميعاً بالتقام ثديي والارتكان لحضني وارتبط نبض قلبي أول ما ارتبط بنبض قلبك!

قبَّل وليد رأسها ولثم يدها في ذات الوقت الذي دخل فيه راشد - الأخ الأوسط - قادماً من عمله وبدا أنه استغرب المشهد في صورته الكلية حتى حانت منه التفاتة سريعة إلى والده، فلعله فهم الوضع فقد كان لماحاً. خطا سريعاً إلى والده فأدرك صحة ما خطر بباله. التفت إليهم وقد تملكه خوف شديد وقال بصوت متهدج:

- لا.. لا تقولوا إنه ما...

هزوا رؤوسهم بالموافقة ووجوههم تقطر حزناً.

ألقى راشد بنفسه على والده محتضناً إياه وواضعاً جانب رأسه على صدره.. أغرق والده بالدمع وصياحه يقطع نياط القلوب، فأحاط به الثلاثة في محاولة لتهدئته.

قبل أن يستجيب لهم ويقوم من مكانه، رن جرس البيت الخارجي.. فُتح الباب ودخلت لجنة طبية ورجال بحث جنائي.

في الوقت الذي كان العميد يمر فيه على حمودي وبرهوم بعد خروجه من عمله للذهاب إلى مطعم شهير كما وعدهم،

جاءه اتصال بوجود قضية موت فيها شبهة جناية وإن كانت ضعيفة جداً. استشارهم في مرافقته فلم يترددوا.

كانوا على الموعد مع مجموعة البحث الجنائي واللجنة الطبية.

استأذنت الأم في الصعود لأعلى، فلوح لها العميد بيده مع هزة رأس بالموافقة.

التفت لمحمد ووليد وسألهما البقاء فربما كانوا بحاجة لاستفسار عن شيء.

أكدت اللجنة الطبية ما ذكره طبيب المستوصف من تعرض الأب لاختناق جراء أزمة ربو.

العميد عبد الله الذي كان رأس المجموعة طلب من اللجنة البقاء قليلاً لحين الإجابة عن الأسئلة التي قد تخطر ببال رجاله والمتعلقة طبعاً بالجانب الطبي، ثم ابتدرهم هو بسؤال منطقي جداً:

- كيف يمكن أن نجمع بين تعرض الأب لاختناق من ربو كان يلازمه في الوقت الذي كان فيه جهاز الرذاذ بجانبه؛ هل استعمله بلا فائدة؟ أم أنَّه لَم يستعمله؟ ولماذا لَم يفعل؟!

كبير الأطباء وبوجه جامد الملامح وقد رفع جهاز الرذاذ في يده:

- عبوة الرذاذ لا مشكلة فيها، فلو أنه استخدمها لكان له أن يتجاوز الأزمة بسلام.

رجل بحث آخَر على عجل وقد زوى ما بين حاجبيه:

- كأنك تقول بوجود جريمة إذن؟

الطبيب رافعاً يده وهازاً إياها:

- لست معنياً بذلك.. ذلك شأن خاص بكم، إنما لي الجانب الطبي الذي يقول إنه لو استعمل عبوة الرذاذ أثناء حدوث الأزمة لكان لها أن تتلاشى سريعاً.. مُسَلَّمَة معروفة لدى المرضى أيضاً.

رجل بحث ثان وقد زوى جانب فمه وعلى وجهه ابتسامة تهكم:

- "صِبَّه حِقنه لبن".. محصلة ما قلت هو وجود العمل الجنائي!

اكتفى الطبيب بالصمت، ثم التفت إلى العميد عبد الله فأشار له بهزة من رأسه بالاكتفاء، لذا فقد أخذ طريق الخروج مع زملائه.

التفت العميد عبد الله لزميله:

- ما كان يجب طرح السؤال بمثل تلك الكيفية؛ هذا طبيب لا علاقة له بالجانب الجنائي!

بوجه لا تبدو عليه القناعة رد الزميل بقوله:

- أحسب أن ذلك يعطي جانب قوة للتفكير باتجاه الفعل الجنائي، لكن لا بأس، أعتذر...!

قاطعه العميد وقد كست وجهه ابتسامة رائعة:

- لا عليك أبا خالد، نحن زملاء بل إخوة وهدفنا واحد.

بادله أبو خالد الابتسامة:

- كلنا تحت إمرتك، يبدو أننا ننسى أحياناً ذلك.

طبطب العميد عبد الله على كتفه ثم قال:

- ليس بيننا مجاملات، الوقت ثمين نريد الانتهاء من الفحص حتى يرى أهل البيت شأنهم في دفن ميّتهم، فإكرامه عندنا كما تعلم دفنه.

انتبه العميد لغياب حمودي وبرهوم وقبل أن يسأل أتاه الجواب على عجل فقد دخلا مِن الخارج!

استقبلهما وجه العميد بدهشة عارمة قائلاً لهما:

- أين كنتما؟ ألَم تدخلا معي و...

اقترب منه حمودي والتصق به ثم وشوش له في أذنه:

- كنا في تحرٍّ بنا خاص!

العميد وقد ازداد دهشة وتعجباً:

- تحرٍّ خارج البيت! لا تدهشاني بالقول بنعم.

برهوم وقد حاذاه مِن الجانب الآخر وقد رسم على وجهه
ابتسامة يعرف مغزاها العميد:

- ذاك شأننا.. نلتقط ما لا تراه الأعين.. ربما يكون ذا نفع
وربما لا، نحن لا نغفل شيئاً.. من يدري.. رُبَّ شيء لا نرى له قيمة
يكون مفتاح الحل لاحقاً.

ابتسم العميد وقد رفع يديه قائلاً:

- لولا ثقتي الزائدة بكما لكان لي أن أرميكما بالـ...

عاجله القول برهوم:

- خبال!

ضحك العميد تاركاً إياهما على سجيتهما وانشغل مع
مجموعته الجنائية.

فحصوا الصالة ولم يدعوا فيها "مغزَّ إبرة" كما يقول مثلنا
الشعبي.. التقطوا ما يرونه مهماً، وأجروا مسحاً للبصمات.
حمودي وبرهوم كالمعتاد مسحا المكان بأعينهما مسحاً دقيقاً ولم
يغفلا شيئاً يريانه ذا بال إلا أمعنَّاه تقليباً وفحصاً!

عندما اكتفى رجال البحث بمعاينتهم، التفت العميد
لحمودي وبرهوم فأشارا إليه بهزة من رأسيهما بالانتهاء.

جلبة في الخارج وصوت عويل جذبت أنظار العميد وكل
المتواجدين لباب الصالة الذي فتح بقوة واندفع معها شاب

وامرأة للداخل.. زادهما منظر الجميع ملتفين حول أبيهم هلعاً على هلع، وانطلقا إليه. أفسحوا لهما الطريق فارتميا عليه ضاجِّين بالبكاء والعويل.

لحظات صمت احتراماً للموقف.. نهض محمد من جلسته والإعياء بادٍ على وجهه، واتَّجَه نحو سرير أبيه، انحنى حول أخته وأخيه وربت على كتفيهما.

التفتا إليه بأعين تتقد جمراً ينهمر بينه ماء ووجهان هلعان شاحبان بائسان.

قام أخوه الأصغر فؤاد ملتفتاً وبوجه فيه استغراب للشرطة وبصوت خافت متهدج:

- ما بالهم؟!

مط محمد شفتيه وعقد ما بين حاجبيه قائلاً:

- علمي علمك لكن.. ثم التفت ناحية العميد عبد الله ورفع صوته قائلاً: يرون أن هناك شبهة جناية!

مريم وقد أوقفت نحيبها:

- لم أفهم ما تعني يا محمد.. جناية ماذا؟!

العميد وقد رفع يديه ثم خفضهما:

- الأمر لا يعدو الاحتمال.. لنكن واضحين، أبوكم تعرَّضَ لأزمة ربو...

قاطعه فؤاد:

- هو دوماً هكذا!

رفع العميد يده إليه مشيراً بالتوقف، ثم أكمل:

- كعادته كما قلت فؤاد.. ومات بسببها بحسب كلام الأطباء، إلى هنا والأمر طبيعي، لكن غير الطبيعي هو أنه لم يستعمل عبوة الرذاذ وهي بجواره ويده تصل إليها بكل سهولة.

محمد وقد التفت لأخيه وأخته:

- ما يرمي إليه العميد هو أنه ربما كان هناك ما أعاقه عن استعمال الرذاذ الذي كان مجرد استنشاقه يعيده لحالته الطبيعية.

العميد على عجل:

- أو هناك.. مَن أعاقه؟

راشد رامقاً العميد بعينين تتَّقدان ذكاءً وقد رفع حاجباً فوق الآخَر:

- ترمون إلى أنَّ هناك عنصراً بشرياً تدخَّلَ في الموضوع وكان له تحوير مسار الحدث مِن الطبيعي — وهو غير وارد في حالة أبي بسبب يسر الوصول للرذاذ — إلى الجنائي الذي فيه معيق بشري ترجِّحون وجوده!

برغم الجو المشحون كآبة، ابتسم العميد في وجه راشد وخاطبه:

- لا أدري راشد ما عملك، لكني أجزم أن لو كنت بيننا لكان لك شأن عظيم.. نعم هو ما قلتَ بالضبط!

- وما الذي ستقومون به تحديداً.

قالها فؤاد متسائلاً.

العميد وقد جال بنظره الجميع بلا استثناء قال بصوت جادٍّ قوي:

- إن صدقَ حدسنا فإنَّا سنصل للفاعل حتماً.

وليد معقباً وبعينين متعبتين:

- تقصد القاتل؟

التفت إليه إخوته بعيون متسعة ودهشة.

- نعم.. القاتل!

ختم بها العميد وهو يفارق المكان والرفاق بأثره.

***

في بيت أبناء أخي العميد، وكالمعتاد في نهاية الأسبوع، اجتمعت مجموعة الدفع الرباعي في وجود الجميع بلا استثناء

حتى أولئك الذين كانوا لا ينزلون من مناطق مجاورة إلا كل شهرين أو ثلاثة.

المجلس ضجَّ بالأصوات المتداخلة، أخذ الأربعة زاويتهم المعتادة حين النقاش في أمر خاص بقضية جنائية أو يشك أنها كذلك.

أشار محيسن لزويد (ابن عمه برهوم) وأصغر الحاضرين بإحضار إبريق الشاي استعداداً لنقاش جاد وجولات فكرية! رشفة واحدة من كوب برهوم كانت كفيلة بإطلاق شرارة الحديث من فيه:

- هل ثمة جديد في تحرياتكم الأيام الماضية عبد الله؟

مط العميد عبد الله شفتيه وكسا وجهه لباس جد:

- لا أخفيكم، لم يتضح لنا بعد إن كان ثمة بُعدٌ جنائي.

عمير وعلائم الاستغراب على مُحيَّاه:

- معقول عمي كل هذا الذي قمتم به مِن تحرٍّ ورفع لبصمات وفحص للبيت ثم تقول ذلك؟!

رفع العميد يده ثم لوح بها جانباً وقال:

- البصمات موجودة على متعلقات الميِّت، ومنها عبوة رذاذ الربو وهي لأفراد أسرته، أمر طبيعي.

محيسن وقد دفع بكوب الشاي لعمه برهوم:

- ألم تجدوا شيئاً يعطي انطباعاً ولو بسيطاً بوجود جريمة؟

العميد زاوياً جانب فمه وهازاً رأسه:

- لا يا محيسن، عدا أن الميت مات مختنقاً وهو لم يستعمل الرذاذ الذي كان بجواره.. لا شيء البتة، لا شيء يدعم الفكرة أبداً.

اعتدَل حمودي في جلسته، وحدَّق العميد بعينين باسمتَين:

- لكنَّا لاحظنا شيئاً غريباً أنا وبرهوم، وكنت أتوقع منك أن تشير إليه...

العميد مقاطعاً بعد أن حدج الاثنين بنظرة ارتياب:

- ثمة ما تخفيانه يا ثعلبان.. هاتِيَا ما لديكما بلا لف ولا دوران!

ابتسم حمودي وبرهوم، وتلاقت نظرتاهما في تفاهم وتناغم ثم ما لبث أن التفت برهوم لأخيه العميد قائلاً:

- أَلَم نقُل لك إنَّنا نلتقط الدقائق والصغائر التي لا تلفت الانتباه، فلربَّما أسعفَتنا لاحقاً في فهم وحلحلة شائك وغامض!

حمودي وقد أشار لبرهومي بالتوقُّف مُريداً إكمال الحديث وتجلية الغامض:

- عبد الله.. ألم تلاحظوا مثلاً أن هناك خطين أسودين وإن خفيفين وباهتين بأسفل الطاولة التي كانت بجوار الميت والتي كان عليها الرذاذ؟!

- وما يعني ذلك يا حمودي؟

قالها العميد متحفزاً لاستماع المزيد.

حمودي مستطرداً:

- هذا فيه دلالة واضحة على أن الطاولة تم تحريكها على الأرضية السيراميك ودفعها بعيداً عن السرير. لكن تبقى احتمالية أن يكون ذلك الفعل مرتبطاً بالجريمة أم لا! هنا السؤال.

خفَّت حدة توتر العميد ولانت ملامحه بعد أن ظن أن ما قيل لا يعدو شكاً لا أكثر، وقال معقِّباً:

- وما في ذلك.. ربما دفعت بها العاملة من أجل تنظيف للأرضية تحتها!

برهوم نافياً صحة هذا التبرير ومخاطباً أخاه:

- عبد الله.. لو كانت زحزحة الطاولة من أجل التنظيف لما كان للخطين أن يكون عليهما بعض فتات أكل.

العميد وقد زوى ما بين حاجبيه:

- فتات أكل!

حمودي مبتسماً:

- نعم يا عبد الله.. بعض فتات بسيط لا تلحظه العين إلا بالقرب والتدقيق. هذي ميزة الفحص الثاقب للعين الحاذقة التي لا تفلت حقيراً.

عمير والذي اعتاد تنظيف ما يساقط في مجلسهم كان له من الخبرة في ذلك ما يستطيع معه الإدلاء بدلوه في هذي الجزئية، رمق عمه العميد بنظرة جادة وقال:

- صحيح يا عمي.. لو أن العاملة زحزحت الطاولة لتنظف أسفلها لكان للخطين الأسودين أسفلها أن يكونا أشد ما يكونان لمعاناً وتألقاً ونظافة.

- ثم إن هناك أمراً آخر لعل رجالك لاحظوه ودوَّنوه في التقرير.

نطق بذلك برهوم فالتفَّتِ الأعين إليه والأجساد، ثم واصل: علبة الرذاذ بها ثَلم صغير في أعلاها وهي كما ذكر أنها جديدة، فِمن أين لها هذا الكسر البسيط إن لَم تكن قد وقعَت عن الطاولة؟ ولو كان الوقوع بسبب من الخادمة أثناء تحريكها للطاولة لكان لها أن تنظف ما علق بالعلبة من بعض دم قليل متخثر عليها!

بدا تفكير شديد على وجه العميد وكأنه يستحضر ما جاء في تقرير المعمل الجنائي:

- دم متخثر! نعم.. ورد في التقرير أن الدم يعود لزياد.. زوج ابنة الفقيد.

محيسن:

- إذاً فالدم ليس للعاملة وعليه يكون...

قاطعه برهومي:

- وعليه فإن الطاولة قد تحرَّكَت بفعل فاعل آخَر، والدم الذي تقولون بوجوده يعني أنَّ زياداً ربما كان ذلك الرجل!

حمودي وقد وضع يده على كتف ابن عمه العميد أضاف بمزيد إثارة:

- ليس هذا فحسب!

رمقه العميد متسائلاً وحاثاً على الإكمال.. فواصَل: لعلك استغربتَ وجودنا أنا وبرهوم خارج البيت أثناء قيامكم بفحص الصالة!

- نعم!

قالها العميد على عجل وقد رميتكم بالخ...

ضحك حمودي وبرهوم.. شبك برهوم ما بين أصابعه وعلَته أمارات الجد والتفكير ثم قال:

- كنا بالخارج نستكشف الأرضية أمام الباب الخارجي إن كان هناك شيء لافت للنظر.

عمير:

- عمي.. أتمزح أنت؟! وهل وجدتم قاتلاً مثلا مختبئاً تحت بلاطة درج منزاحة قليلاً؟

ابتسم برهوم:

- ربما لو لم يكن القاتل في مثل طولك.

ضج الجميع بالضحك.

عاد برهوم مستطرداً:

- كانت هناك كمية من رمل جلبتها الريح ذلك اليوم وتكومت

هناك عند البوابة.

العميد مستفهماً:

- وأي قيمة لرمل اجتمع هناك وما شأنه بقضية موت الأب

بالله عليك؟

بدا أن برهوم تعب فأوعز لحمودي بالإكمال.

حمودي وقد التفت إليه الجميع في إرادة للفهم:

- الرمل الذي كان مجتمعاً هناك أمام البوابة عليه آثار نعلين

واضحين، وكانا باتجاه الخارج. ثم إنهما غائرين في المقدمة؛ ما

يوحي بأن صاحبهما كان في عجلة من أمره. وأيضاً هناك أثر

خفيف لنعل نسائي لا وجود لآثار غيرهما!

محيسن:

- هذا يلفت الانتباه إلى أن المعني بالجريمة لا بد أن يكون

أحدهما أو ربما.. كلاهما من يدري؟!

حمودي وقد استعاد شيئاً من نشاطه بعد سكوته وأخذه رشفات مِن شايه غير المحلى:

- هنا تأتي يا عبد الله قيمة إعمال الفكر في كل صغيرة وكبيرة، وهنا تكمن قيمة المفكر!

العميد حاثاً اياهما على المواصلة بلا إبطاء:

- نعرف أن عقليكما جباران فهل هذا يكفيكما لتقولا ما لديكما بلا مقدمات و.. مدح لقدرات.

راق لحمودي وبرهوم هذا الإطراء وإن بأسلوب جاف فابتسما ثم استطرد حمودي مكملاً:

- يا بْن عمي.. ذلك اليوم لم تكن هناك رياح أصلاً، وكان الجو صافياً ورائعاً. تحركت الريح حاملة الأتربة قبيل أذان الظهر بقليل.. لم تأت الواحدة ظهراً إلا وقد توقفت تماماً.

العميد وقد استعاد جلسته الطبيعية بعد أن كان مريحاً رأسه إلى الوراء، وشابكاً كفيه وراءهما:

- تقصد أن آثار النعل كانت لشخصين دخلا قبل الظهر ثم خرجا بدون أن يثيرا انتباه أحد أو يراهما أحد؟! النعل.. النعل!

نطق بها العميد وهو يستعد لإنهاء الحوار والخروج ومكملاً وهو يحدجهم بنظره كلهم: هذي التافهة هل لها أن تكون ذات شأن غداً؟!

الساعة الثامنة تماماً كما المعتاد، العميد عبد الله وقد أصبح مستعداً لبدء العمل، طُرق الباب فأَذِن بالدُّخول.. دخل وليد، في منتصف الثلاثينات جميل الطلعة فيه جرح فوق الحاجب الأيمن زاده حسناً على حسن، وجسم قوي متناسق الخلقة. ألقى السلام على العميد بجمود، فردَّ عليه العميد، ثم لم يلبث أن رفع وجهه إليه ورمقه بتمعُّن قائلاً:

- وليد.. لستُ مهتماً بسرد سِيَر الناس، لكن ربما كان لبعض الحوادث فيها والخفايا.

وليد الذي لم يُبدِ تفاعلاً مع أسلوب العميد، أراحه بمقاطعته قائلاً:

- أي خفايا تقصدها يا سيادة العميد؟! ما أظن خافياً على من حولي أنني ابن بالتبني ثم بالرضاعة لهم! هل ثمة شيء آخر تعنيه ولم أفهمه؟

لانت ملامح وجه العميد فقد بان أن الرجل يتكلم بأريحية ولا يحمل عُقَداً تجعل الحديث معه صعباً.

العميد وقد بشّ في وجه وليد:

- لا غرابة فعلا في أن يوسِّد إليك أبوك بالرضاعة الإشراف على مجموعة عقاراته، وإدارة ماله في وجود أبناء له لا يوجد لديهم ما يمنع من قيامهم بالمهمة، بأسك شديد وصارم أنت تستحق ما أوكل إليك.

ثمة بسمة تلوح في وجه وليد لكن بدا أنه يقمعها بشدة، علَّق قائلاً:

- والله يا سيادة العميد، لم أظن يوماً أنكم كشرطة تلتفتون للأحاسيس والمشاعر فتُطرون المحقَّقَ معهم وتغمرونهم بالمديح، خصوصاً وأن ذلك لا علاقة له وثيقة بمجرى التحقيق ولا...

عاجله العميد وبصرامة:

- ومَن قال لك إنَّ الثناء على من نحقق معهم لا يصب في مصلحة التحقيق دوماً؟!

وليد وقد تخلَّى عن الجلسة الرسمية، تقدم بجذعه للأمام وشبك بين أصابعه واضعاً إياهما على فخذيه ثم قال:

- وهل يسري ما قلت عني في جانب المصلحة؟

ضحك العميد ثم لوح بيده:

- لا يا وليد.. أنا فعلاً أطريتك بما رأيت والاستثناء وارد كما تعلم في كل شيء، أنظمة وقوانين وأساليب... وهلم جرا.

وكرجل اعتاد القيادة والإدارة واتخاذ هيئة توحي بذلك حتى في موقف دفاع بين ظهراني أمن، وضع وليد ساقاً على ساق ثم سأل العميد قائلاً:

- قلتم إننا هنا في شبهة جناية ضعيفة جداً، فهل ترون يا سيادة العميد أن صفتنا بالنسبة للميت من الممكن أن يتطرق إليها ولو مجرد شك.

زوى العميد جانب فمه ورد بهدوء:

- كلكم أبناؤه، وإنْ كنتَ أنتَ بالرضاعة، إضافة لزوج أختكم، وأظنه أمراً طبيعياً أن يكون التحقيق في قضية شبهة قتل أول ما يكون مع أشد الناس قرباً للقتيل وإن كانوا بعيدين عن شبهة الفعل.

عقَّبَ وليد على عجل:

- ها هي الدائرة تتسع لتشمل أيضاً زياداً!

أخذت ملامح العميد تنحو باتجاه الجد والصرامة:

- زياد.. زوج أختكم، ومن المحتكين بالميت بحكم الصلة، ولا بد من سماع أقواله.. عموماً، دعنا منه، فيوم يأتي دوره سنسمع منه.. هات الآن ما عندك يا وليد. من أنت في هذا البيت، وأي صلة اجتماعية هي السائدة بينك وبينهم وبينكم وبين بعض؟

لاحت نظرة سخرية وابتسامة شاحبة على وجه وليد الذي ردَّ قائلاً:

- أما أنا فابن لهم من الرضاع، وما أظنه يخفى عليك أن الوالد انتقاني من بين أطفال في مركز حضانة أيتام و...

قاطعه العميد على عجل حدباً عليه من الإكمال، وإن بدا قوياً لا تهزُّه حوادث الأيام:

- نعم وليد.. هذا معروف. أنا أقصد مدى قوة الصلة بينكم جميعاً، وطبعاً بينك وبين جميعهم في المقام الأول!

حمد وليد في نفسه للعميد هذه اللفتة الرائعة، فلانت معها حدة ملامحه وهو يجيبه هذه المرة:

- لن يختارك أحد لتنضم لمجموعته الأسرية وتكون فرداً منهم إلا وهو يحبك حباً جماً.

رمق العميد وليد بعينين باسمتين ثم قال:

- لا يلام يا وليد يوم اختارك، فلئن كنت بهذه الوسامة وأنت في منتصف الثلاثين، فما الحال عند صِغَرِك؟!

آثارُ سرور طفحت على وجه وليد برغم مدافعته لها، استطرد مكملاً حديثه السابق:

- قلتُ إنهم اختاروني وهو مؤشر لقبول قلبي لا يخفى. قبل أن أبلغ الثانية من عمري رُزِقوا بمحمد، وهو ما هيأ لي رضاعة

معه من قبل والدتنا، وجعلني أكون حبة في مِسبَحتِهم، لا فرق بيننا أبداً.

هزَّ العميد رأسه ثم عقب:

- وضحتِ الصورة يا وليد.. لنأت الآن للوالد رحمه الله.. لعله في أيامه الأخيرة بات عسيراً عليه النهوض من مرقده إلا أن يقام من قبل أحد.

أجاب وليد:

- هذا صحيح.. تدهورت حالته الصحية تدهوراً سريعاً في السنتين الأخيرتين، ولعل ذلك سببه نَفْسيٌّ بالدرجة الأولى.

قطب العميد ما بين حاجبيه ثم تساءل باستغراب:

- سبب نفسي! ما الذي تعنيه بذلك؟

تنهَّد وليد ثم ردَّ بملامح تشي بشيء فيه انكسار:

- تراجعت ثروة الوالد تراجعاً ملحوظاً، فلقد كان مصنفاً من بين أصحاب المليارات المعدودين في المنطقة، وأضحى من أهل الملايين، وإن كانت تعد بالمئات، وهي ثروة معتبرة لكن يبقى الفارق شاسعاً.. شاسعاً جداً، أحسستُ يومها أني ملام من قبل إخوَتِي وإن لم يقولوها في وجهي.. كانت نظراتهم تكفيني لِفَهمِ ما يدور بخلدهم.

قاطَعَه العميد بوجه زاد صرامة:

- لكن.. ما كانت ردة فعل أبيك؟!

رفع وليد رأسه عالياً ثم دار برأسه وخفضه ثم أجاب:

- الحق أنه ما لامَني يوماً، ولك أن تتخيل أنه ما ناقشني مناقشة حساب إلا مناقشة بهدف المعرفة، ويوم أن اقتنع، وربما هو يريد ذلك بحكم مكانتي عنده، صرف النظر عن الموضوع وكأنه لم يكن.

علق العميد سريعاً:

- هذا حب جارف ربما جاوز حب الوالد لولده!

تابع وليد مؤمّناً على ذلك:

- ليس ذلك بخاف على أحد. الحق أنني كنت أحياناً أخشى من تسرب بُغْضٍ إلى قلوب إخوتي تجاهي، لكن كان لوجود الوالد والوالدة وارتباطهما القوي بي الحصن المنيع من ذلك، سرعان ما نسي إخوتي موضوع تراجع الثروة، خصوصاً بعد أن بدأت ملامحُ تنامٍ لها، وإن كان رجوعها للعهد السابق حلماً بعيداً.

رفع العميد حينها يده وطبطب بها على فخذه، ثم أخذ نفَساً عميقاً وقال:

- يكفينا اليوم يا وليد هذا.

قام وليد منصرفاً، وقبل أن يبلغ الباب جاءه صوت العميد:
سيبدأ نقاشنا المرة القادمة عن عبوة رذاذ الوالد، ليتك تفكر معنا يا وليد ما الذي منعه مِن استخدامه.. فكر في ذلك جيداً.

حدج وليد العميد بنظرة جانبية، ثم غادر بهدوء.

***

دخل محمد إثر خروج وليد.. رجل تبدو عليه آثار النعمة بحق.. في عُمْر وليد تقريباً.

ألقى التحية ثم جلس قبالة العميد الذي ابتدأ الحوار معه بلا مقدمات:

- محمد.. أنت الابن الأكبر والمقارب لسن وليد أخيك من الرضاعة؛ ألم تجد في نفسك شيئاً على وليد وأنت ترى مدى حب أبيك له، لو كان أخوكم بحق لما كان مُستَغرَباً أن تجدوا في أنفسكم عليه نقمة جراء شغف أبيك به وتقريبه له دونكم، فكيف الحال وهو ليس إلا أخاً من الرضاعة؟

أخذ محمد نفَساً ثم أجاب:

- لَم نكن في صِغَرِنا نعي هذا الفرق، ولما بلغنا السن التي نقدر بها على التمييز كانت قد مرَّت علينا سنوات طويلة مِن صحبة في

33

حضن أبوين وبيت مستقر، وهو ما جعل إعادة التفكير في التغيير غير واردة.. أمر استقر وقُضِي الأمر.

تمعن العميد في وجه محمد في إرادة لمعرفة خبيئة الرجل ثم قال:

- نعم هذا مفهوم لو أن المعاملة كانت سواء بسواء، لكن أن تروا معاملة خاصة له تجاوز المعاملة لكم أنتم الأولاد الخُلَّص.. فهذا ربما آل بكم ولو كل على انفراد وفي خاصة نفسه أن تنقموا على وليد وأن – وهذا تساؤل عقلاني ومنطقي – تتساءلوا لِمَ هو مقرب عند أبيكم أكثر منكم حتى أصبح وهو الذي لم يجاوز في دراسته الثانوية الرجل الأول في إدارة مال أبيكم، وموضع سره في شأنه المالي كله؟!

هزَّ محمد رأسه ثم تنهَّد وردَّ:

- لسنا ملائكة بطبيعة الحال.. تصرُّفُ الوالد تجاهه لا شك أنَّه طَرَح في دواخلنا كلَّ التساؤلات التي ذكرت، بل لا أخفيك أننا اجتمعنا في أحايين كلنا، وتطارحنا هذا الموضوع علَّنا نصل لِفَهم وقناعة تريح أدمغتنا من التفكير في ذلك، لكننا لم نجد جواباً، ربما أوعزنا ذلك لكونه أول مَنْ رُبِّيَ على يدي أمي وأبي، واحتضنَاه قبل تشريفنا لهذه الحياة، وبعضُنا زاد من أن جمال وليد الباذخ أضاف لبعد الحب القلبي الكبير له من قبل والدينا...

قاطعه العميد:

- تقصد أنَّ والدتك أيضاً تُكِنُّ له ذات الشعور الذي يحمله والدك؟

استطرد محمد مجيباً ومكملاً:

- نعم.. ومن يراهما يظن أنَّه ابنهما الحقيقي ونحن الأولاد من الرضاعة. هذا التلاقي بينهما والانسجام في هذا الجانب هو ما أضعف جانب الاستطراد في مداولة الموضوع بيننا، وأن يأخذ في نفوسنا أبعاداً أكبر قد تُحدِثُ نفرة بيننا ولو نفسية. أبداً لم يحصل هذا، وسرعان ما تجاوزنا ذلك التفكير خصوصاً وأن وليداً والحقُّ يُقَال.. كانَ حَسَنَ التعامل معنا، ومنسجماً مَعَنا لأبعد الحدود. هذا برغم صرامته وجدِّيَّته التي فرضَتها طبيعة عمله الإشرافية التي أوكله بها الوالد.

رَشَفَ العميد من كوب شايه رشفةً واحدة، ثم رامقاً وليداً بعينين نافذتين وقد رفع حاجباً فوق الآخر:

- هذا أنتم وقد سلَّمنا برضوخكم لِمَا سارَ عليه والداكما، فلمْ يُسبِّب ميلهما لوليد شرخاً أسرياً، بل استمرت اللُّحمة قوية، لكن ماذا عن زياد.. زوج أختكم الوحيدة؟!

قطَّبَ وليد حاجبيه ثم سأل:

- زياد.. ما باله؟!

العميد وقد شبك ما بين يديه مسنداً إياهما على الطاولة:

- ما أظنك لا تعلم بما كان عليه من سَخَط تجاه تصرف والدكم بخصوص وليد وإيثاره عليكم. ولقد نما إلى علمنا أنه كان مراراً ما يختلق الصراع مع شقيقتك بسبب أنكم تركتم لوليد الفرصة سانحة ولم تعترضوا على ذلك، بل لم تحاولوا يوماً أن تناقشوا أباكم في ذلك مناقشة جادة!

أرجَع محمد رأسه للوراء وأغمض عينيه مريحاً جسده لحظات ثم استعاد وضعه السابق وأجاب:

- هذا حدث بالفعل أكثر من مرة.. لَمْ نَلُمْ زياداً كثيراً لأننا نعلم أنه كان يمر بضائقة مالية شديدة، كانت يوماً ستودي به للسجن لولا تدخل الوالد في آخر لحظة بدفع الدين المستحق عليه لآخرين وثقوا في قدرته على إدارة اموالهم في أسهم، فكانت النتيجة خسرانها كلها. أنقذه من السجن لكن لم ير أنه أهل لإعطائه ما يمكن أن يكون له عوناً على استثمارٍ يعيد له سابق عهده من عِزٍّ ومكانة مالية. لعلَّه نقم على الوالد جراء ذلك، ولما لم تكن له قدرة على مواجهته ويخشى أن يوقفه عند حده بقولة جارحة كمثل "وأي دخل لك أنت في مالي؟"، فلم يجد إلا تلك المسكينة التي تحت يده وقهرِه وقدرتِه؛ أختي مريم.

هنا تدخل العميد معقباً:

- وطبعا اضطرت المسكينة لمواجهة والدها وطالبته بمد يد العون لزوجها خشية على بيتها؟!

أخذ محمد نفساً ثم أطلقه بصوت مسموع، ثم عقَّب:

- نعم.. هذا ما حصل، فكَمْ مِن مرَّة تقودها قدماها اضطراراً لوالدي، وهناك تسح دموعها قبل أن ينطق لسانها بكلمة، فتأخذ أبي بها رأفة ورحمة، فيجلسها بجواره ويمسح على رأسها ويقبِّلها ويسمع منها ما هو عارف به أصلاً لتكراره. تخرج وقد أودع في حقيبتها مبلغاً يسكت به زوجها ولو لأيام، يعيشان به - أي المبلغ - في بحبوحة ينسيان فيها نكستهما المالية، حتى إذا ما فني المبلغ رجعت حليمة لعادتها القديمة، فينتظر الزوج أي هفوة تقوم بها زوجته ليعيد ذات السيناريو. ضِيقُ ذات اليد يشكِّلُ عامِل ضغطٍ رهيب قلَّما تسلَم معه قيم وأخلاقيات صاحبه، وإلا فإن زياداً كان لطيفاً غاية اللطف معنا ومع الآخرين، ولم يتغير إلا بعد أن مرَّت به الضائقة، ولذلك لم نكن نعتب عليه إلا في أيام أبي الأخيرة، فقد غالى فيما يفعله غلوواً عظيماً، لدرجة أن باتَ تردُّدُ مريم على بيتنا من الكثرة حتى ملَّه والدي، خصوصاً وقد تَعِب في الآونة الأخيرة، ولمْ يعُد له ذلك المزاج الذي يحتمل معه هذه المضايقات المستمرَّة المستفِزَّة.

دعني ألخِّص لك وضع أختي المسكينة؛ لها الآن قرابة أسبوعين لم تدخل بيتنا البتَّة، وهي التي كانت لا تحتمل فراق أمي بالذات ليلتين متتاليتين!

قاطع العميد استرسال محمد سائلاً:

- وهل كان معتاداً زيارة زياد لبيتكم مع أختك؟!

أجاب محمد وكأنه لم ينقطع حديثه السابق:

- ليس كثيراً، ولقد انقطعت الزيارة تماماً في الآونة الأخيرة، إذ لا يعقل أنْ يكون هدفُ الزيارة الاعتراض على عدم مساعدة أبي لهم، ويجد في نفسه الجرأة على مواجهته. أبي وبرغم مرضه الأخير وتدهور صحته وعافيته كان قوي الشخصية، يمتلك المكان ولا زال صوته عند الحديث يعلو على من حوله. كانت أختي تكفي زوجها المؤونة.

تحرَّك العميد في مقعده للأمام بسرعة وعاجلَ محمداً بسؤاله:

- هل يملك زيادٌ مفتاحاً لبيتكم؟

قطَّب محمد جبينه في استغراب للسؤال وأجاب:

- طبعاً يملك مفتاحاً.. كما الجميع!

- شكراً لك محمد. قالها العميد ثم تابع: يكفينا هذا اليوم.

***

صبيحة اليوم الثاني من التحقيق..

الابن الأوسط راشد، والذي تلوح على مُحيَّاه علائم النجابة والذكاء، دخل محيِّياً العميد ومستقراً به المقام قبالته.

رفع العميد إليهِ وجهَهُ بعد أنْ كانَ منكَبّاً على أوراق يدرسها على طاولته.. رمقه بنظرة متمعِّنَة ثم قال:

- راشـد.. سبقَ أنْ قُلتُ أنَّ فيك ملمح فطنة لا يخفى، علّ ذلك أن يكون لنا نافعاً في فهم بعض معطيات أفراد أسرتكم، وجانباً من معاملاتهم وتصرفاتهم اللصيقة بطبيعة الحال بقضيتنا، لا شأن لنا بغير ذلك!

تنحنح راشد وردَّ بصوت رزين:

- وأنا تحت أمركم. وإن كنت.. معذرة لذلك.. أعجَبُ من انصراف تفكيركم باتجاه الفعل الجنائي. ما أحسب أن ذلك يمكن أن يخطُر ببالنا.. يقتل أحدنا أبانا.. أعوذ بالله! شيء لا يمكن تصوُّرُه مهما أعملنا العقل وكان ذكياً.. أحسب ذلك شططاً في التفكير وشططاً كبيراً.

مطَّ العميد شفتيه وأطلقَ مِن حلقه صوتاً خافتا وعقَّب:

- ونحن قلنا بذلك بداية.. الأصل في أسرة كأسرتكم السلامة من هذا الصنيع، لكن لعلَّك تفهم أن عدم استخدام والدك لعلاج كان تحت يده ويصل إليه بلا مانع، وهو ما يفعله دوماً عند الأزمة حتَّى تشتد به الحالة وصولاً للموت، أمر يستدعي التفكير، أزمة الربو ليست سكتة قلبية تخمد حركة المصاب فتنهيه في لحظة، بل هي حالة تبدأ خفيفة ثم تشتد شيئاً فشيئاً، وفي أثنائها يتناول المصاب الرذاذ بسهولة ويتعاطاه فتنفك سريعاً.

راشد وقد أخذ نفَساً ثم أخرجه وقال:

- نعم.. أفهم ذلك يا سيادة العميد، لكن المقابل ليس سهلاً التفكير به.. ليس سهلاً أبداً.

رجع العميد برأسه للوراء مريحاً إياه على الكرسي، ثم سكت قليلاً وقال معقباً:

- ربما لغيرنا يصح هذا المفهوم على إطلاقه، لكنا وبحكم طبيعة العمل شاهدنا الكثير مما يكسر هذه القاعدة ويشذُّ عنها شذوذاً عظيماً!

مسحة جد وصرامة كست وجه راشد وهو ينظر للعميد وهو يكمل: نعم رأينا حالات لا يمكن تصديقها، لو أنها ذُكِرت لنا قبل الوصول للحقيقة المُرَّة، لك أن تتخيل أن يصل الأمر بأحدها أن

يقتل شابٌ أباه.. لا لشيء.. إلا لأنه حرمه من التمتع بمال كي يعيش عيشة ملوك، لا مجرد عيشة رخية فقط!

قطَّب راشد جبينه، وعقد حاجبيه، وقال مقاطعاً العميد:

- ألهذه الدرجة؟!

استطرد العميد كأنه لم يسمع قولة راشد:

- بل أعظم وأشد جرماً من مجرد قتل، لعله وزَّه شيطان، لكن بلغ بالابن الأمر لتشويه جثة والده وكأنه ينتقم مِن عدو مبين!

لم يستطع راشد أن يمسك لسانه فقال:

- يااااااااه.. رحماك يا رب.. أي إجرام هذا؟

هزَّ العميد رأسه موافَقة على ذلك، ثم واصل:

- لسنا اليوم يا راشد في عالم القِيَم والمِثَاليات.. تسرَّب إلينا الكثير ممَّا تعانيه مجتمعات مغايرة ديناً وفكراً وأعرافاً، المادية التي طغت هناك ينالنا اليوم من شظاياها، والواقعة التي ذكرتها لك مَثَلٌ صارخ لذلك، عموماً نرجع لقضيتنا.. ترى لِمَ تظنُّ أنَّ والدك كان يمنعكم المال الذي ينشده كل واحد منكم لبغيته التي يود تحقيقها.. أنت مثلاً؟

قطب راشد جبينه وقال مقاطعاً:

- أنا؟! ماذا عنِّي؟

تقدَّم العميد بكرسيه محاذياً الطاولة وواضعاً يديه عليها، ثم حدج راشد بنظره وقال:

- تخرَّجتَ من تخصُّص نادر.. "فيزياء نووية"، وكُنتَ الأوَّل على دفعتك، ولولا شدة فيك وجفاء في المعاملة لكان لك أن تكونَ الآن معيداً في كُلِّيَّتك.. ثم في طريقك إلى إكمال دراستك العليا، الرغبة التي لا زالت تمور في داخلك وتشغل تفكيرك وتحيل حياتك جحيماً، أنْ حِيْلَ بينك وبينها بعد أنْ قتلتك وظيفة روتين خارج الحرم الجامعي.

طأطأ راشد رأسه ثم رفعه وقد كست وجهه علائم انكسار وهزيمة وقال مغمغماً:

- من أين لك بكل هذا؟!

بضع لحظات سمح بها العميد ليعيد راشد توازنه، أخذ بعدها راشدٌ شهيقاً طويلاً ثم أطلق زفرة حارة ليكمل قائلاً: وضعت يدك يا سيادة العميد على جرح اندمَل على صديد. وظيفة قاتلة لكل طموح.. لم يعد لي بها رغبة، ولو أنَّ والدي رضي بإعطائي ما يكفيني لما كان لي أن أقبل بها. حاولتُ جاهداً أن أقنعه بما يعينني على دراسة خارجية في جامعة مرموقة، خصوصاً وأنَّ التخصُّص نادِر ولا غنى لبلد تريد نهضة مستقبلية عنه، لكنه رفض رفضاً قاطعاً.

العميد مستفسراً:

- لِمَ تظنُّه مَنَعكَ ذلك برغم أنَّ الكثيرين يفعلونه مع أبنائِهم؟ بل إنَّهم يتسابقون على ذلك ويرونه شيئاً مشرِّفاً لهم أمام الناس؟

أطرَق راشد برأسِه قليلاً، ثم رفعه والحسرة لا زالت تلازم محيَّاه، ثمَّ أجاب:

- لوالدي فلسفة خاصة به، وإن كان يتبناها قِلَّة مثله من رجالِ الأعمال. هو يرى أنَّ على الإنسان أن يبني نفسه بنفسه، وأنْ يرتَقِي الدرج واحدة تلو أخرى، أما القفز فلا يراه مجدياً، وإن كان الظاهر بخلافه.

- لكن.. نطق بها العميد ثم واصل: من قال إن عون الابن بمال كي يحقق طموحه يعد قفزاً وحرقاً للمراحل؟

وضع راشد كفَّه على وجهه ماسحاً إياه بها، ثم معقباً ومكملاً:

- هو يرى أن لا بد أن يبدأ الإنسان من الصفر بلا عون من أحد، وأن يستشعر مرارة التعب والمجاهدة، حتى اليوم الذي يكون فيه كبيراً، هنا سيكون أشد ما يكون قوة وصلابة وقدرة على الثبات والتمسك بالمكتسبات.

أشار العميد لوليد باحتساء كوب الشاي الذي وضعه بجواره العامل.

دقيقتان أعادتا لهما القوة على مواصلة الحوار وحقنت فيهما جرعة من نشاط.. رمق العميد راشداً فرآه مستعداً للمواصلة، فأكمل:

- راشد.. هل نقمت على أبيك؟ ولست أعني مجرد ردة الفعل الطبيعية الداخلية التي يشترك فيها الناس أجمعين، إنما أعني ذلك الشعور الشديد بالحنق.

تحدرت دمعتان من عيني راشد قبل أن يجيب:

- نعم.. أكذب إن قلت لا.. بلغ بي السخط مبلغاً عظيماً حتى إنّي...

توقَّفَ عن الكلام وازداد نشيجه، فقام العميد مِن كرسيه ومشى إليه.. طبطب على ظهره حتى هدأ وسكن، ثم رفع رأسه ناظراً للعميد فوقه، وعيناه تذرفان وقال: رفعت صوتي يوماً على والدي من شِدَّة ما أحسست بالضجر من صنيعه.. تخيل.. أنا الذي ما كنت يوما أتصور أن أَحُدَّ نظري فيه حباً له وهيبة منه!

ربت العميد على ظهره ثم أراحه بقوله:

- هذا كاف جداً لهذا اليوم، ربما نحتاج جلسة أخرى وربما لا.. مَن يدري!

***

الابن الأصغر.. فؤاد..

دخل بعد خروج أخيه راشد.. وبعد أن حدجه بنظرة تعجب مِنْ تَغَيُّر سحنته!

التفت إليه العميد بعد أنْ أخذَ مكانه قبالته، ثم ابتدره بسؤال لَم يخطر بباله:

- فؤاد.. آخر العنقود.. والذي برغم نزعته التمردية لم يعتب عليه والده ولو ظاهراً أمام إخوته؛ هل هذه المراجعات والمطالبات المُلِحَّة والتي تكون أحياناً صاخبة لأبيك بأن يرسلك للخارج لدراسة البكالوريوس متعللاً بأنَّ الجامعات الوطنية لا ترتقي لمستوى الدراسة هناك برغم عدم...

احمرُّ وجه فؤاد غضباً وقاطع العميد:

- أرجوك! أي دخل في مستواي الدراسي بما نحن فيه؟!

ابتسم العميد في رغبة منه لامتصاص غضب الشاب الصغير، ثم ردَّ عليه قائلاً:

- نحن من يقرر أي الأسئلة يصلح وأيها الذي لا يصلح، أنت هنا لتجيب!

ثم أشار إليه بيده للبدء.

زفَرَ فؤاد ثم أجاب:

- الدراسة الثانوية ليست مجالَ تنافس قوي تبين فيه القدرات إنما هي، من وجهة نظري، سطحية، تكفي فيها المذاكرة الجادة لتحقق أعلى الدرجات. شهادتها ليست مقياساً للقدرة العقلية أبداً!

- جميل! قالها العميد ثم واصل: تقصد أنك لم تبذل جهداً في الثانوية، فبالتالي لَم تحقِّق علامات عالية جداً، وإنَّ والدك الذي رفض إرسالك للخارج ظناً منه أن مستواك لا يؤهلك لذلك عطفاً على نتيجة الثانوية كان مخطئاً، وإنك حاولت مراراً إقناعه فلم يلتفت إليكَ، مما حدا بك لرفع صوتك؟

تلوَّنَ وجه فؤاد مغضباً، ولَم يمهل العميد للمواصلة وعقَّب:

- ذاك بيني وبين أبي.. ليس لأحد أن يزايد على قوة صلتنا. هو يعلم أني غضوب، وأنَّ رفع الصوت مني أحياناً خارجٌ عن إرادتي، لكن يعلم يقيناً مدى حبي له.

هز العميد رأسه وقال:

- نعلم ذلك جيداً، ونعلم أنك قد بلغ بك الغضب يوماً أن غادرت البيت بعد أخذ ورد مع أبيك، فلَم تَعُد إليه إلا بعد شهر كامل، هل ترى ضيراً في معرفتنا أين اختفيت كل هذه المدة؟

زوى عماد جانب فمه وأجاب ببرود:

- وأين تتوقَّع أن أكون مثلاً؟ في بيت صاحِبٍ لي.. كان عندهم ملحق في ركن قصي بالبيت، وأقمت هناك كل هذه المدة طمعاً في أن يكون ذلك عاملَ ضغط على والدي، لكن يبدو أني كنت حالماً أكثر من اللازم!

رفع العميد يديه ثم خفضهما وقال:

- وهل كان متوقَّعاً منه وهو الذي رفض أن يعين أخاك وهو الأول في تخصصه العظيم في إكمال دراسات عليا خارج البلد أن يساعدك أنت، وأنت الذي لم تحقق حتى نجاحاً مميزاً في الثانوية؟

رمق فؤاد العميد بعينين محتقنتين وقال:

- لست في معرض مقارنة مع أحد، أخي بدرجاته العالية كان بإمكانه التقديم على ابتعاث، لكنه لا يريد أن يكون أسيراً للمنحة المالية الشهرية القليلة التي تعطى للمبتعث بالكاد تكفيه ضرورات العيش، بل كان طامحاً في أن يغدق عليه والدي ما يعينه على الحياة هناك برغد، أما أنا فكان الهم الدراسة القوية هناك، وكان يكفيني القليل، لكن أبي كان رافضاً المبدأ أصلاً.

العميد رامقاً فؤاد بنظرة جانبية:

- ها قد استتبَّ الأمر لكم، و...

فؤاد مقاطعاً بصوت محتدٍّ ومرتفع:

- أرجوك.. احترِم مشاعرنا! مهما بلغَت أمنياتنا وأحلامنا ستبقى قاصرة دون الفراغ الذي أحدثه غياب والدنا في دواخلنا، وخُذها منّي يقيناً، إنّنا لو خُيِّرنَا الآن بين تحقيق مطالبنا وفوقها أضعافها وبين رجوع أبي في حياتنا مرة أخرى لآثرنا الثانية بلا ذَرَّة تفكير!

سكت فؤاد هنيهة ثم حَدَّ النظر في العميد قائلاً: لعلك قلت "أنتم"، فهذا أنا وأخي راشد، فمَن ثم غيرنا؟

شبك العميد بين يديه وألقى بهما على سطح مكتبه ثم رد:

- لا تَقُل لي إنّك لا تَعرِفُ أيضاً أنَّ محمداً كان يطمح في تأسيس منشأة خاصة به، وأنَّ والدك قد صدَّه صدّاً قوياً.

أمال فؤاد وجهه قليلاً ومطَّ شفتيه:

- سمعتُ شيئاً من ذلك روَته لي أمي، وكانت حاضرة آنذاك.

سارع العميد بالإكمال:

- ولا تقُل لي كذلك إنَّ زوج أختك كان يُلِحُّ في طلب مساعدته للتخلُّص مِن ضائقته إلحاحاً شديداً!

تنهد فؤاد وعقَّب مقاطعاً استرسال العميد:

- أما هذه فمعروفة للجميع، وإن لم يكن هو الذي يقوم بذلك بل أختي التي طالما تمترس وراءها، وكانت الوسيط الذي يؤدي مهمته برغم أنفه.

فاجأ العميد فؤاداً بسؤال سريع:

- وهل تظن زياداً الآن، معذرةً، مسروراً بما آل إليه الوضع؟ الإرث الذي سيكون من نصيب أختك سيحقق له كل أمانيه، خصوصاً وأنَّ أُختَك من صنف البائسات اللاتي يركنَّ للزوج ولو كان ظالماً وفظاً غليظاً، لا لشيء إلا للبقاء على بيتها والحفاظ على أسرتها كي لا يطالها تشتت يوماً ما، هذه التي تعد قاتلة بالنسبة لأمثالها، لذا تحتمل الكثير والكثير، هل ترى ما قلت صحيحاً؟

هز فؤاد رأسه وأجاب وهو يتميز غيظاً:

- للأسف هي كما ذكرت، بل ربَّما أعظم، يستغلُّها هذا الجلف استغلالاً عظيماً، ومِن العجب أن تراه يعرف أنَّ أبانا لا يزيد في عطائنا عن العطاء الطبيعي الذي لا يجعلنا نحسُّ بالفقد، وأمَّا الزيادة فلا وألف لا، ثمَّ هو يطمع أن يرخي أبي يده في عطا

ئه له، ويزيد بالإلحاح المُمِضِّ.

تحركت يد العميد جانباً ليملأ له كوباً من الماء من على الطاولة الجانبية، ثم باغت فؤاداً بسؤال لم يخطر له على بال:

- فؤاد.. هل تظن زياداً من المحتمل أن...

راشد ذو الفطنة العظيمة قاطعه مجيباً ونافياً:

- لا يا سيادة العميد.. إلا هذا! لا يمكن تصور ذلك أبداً! نحن أسرة محترمة مهما بدا شيء من شقاق بيننا، إلا أن ذلك يبقى في حدودٍ لا يمكن تجاوزها. لكن.. ثم رمق العميد وقد رفع حاجباً فوق الآخر: هل لا زلتم مُصِرّين على فكرة الجريمة؟ نحن جميعاً مجمِعون على أنكم غالَيتم في التفكير!

وضع العميد يده على فمه وراح في تفكير عميق، لحظات ثم خاطب فؤاد منهياً التحقيق لهذا اليوم:

- بابٌ وفُتِح.. لا بد من المسير إلى النهاية، أو يثبت العكس بيقين.. بيقين!

***

التاسعة صباحاً.. وفي تأخير غير معتاد من العميد، ابتدأ يومه الثالث من التحقيق.

دخلت مريم المكتب.. امرأة شارفت على الأربعين.. جمال متوسط، ووجه ضارب في السكينة، وملامح كلها تقطر طيبة وبساطة.

رمقها العميد بنظرة خاطفة، ثم خفض رأسه وقال محدِّثاً نفسه: "لا عجب أن تكوني مسلوبة الإرادة مِن وحش كصاحبك!".

جلست قبالته ملقية تحية الصباح وبوجه بشوش يرغمك على حبه..

ابتسم العميد في وجهها وقال:

- مريم.. ابنة المرحوم!

اضطر للتوقف فقد نشجت المرأة فجأة.

معذرة! نطق بها العميد ثم واصل: هو ذهب إلى رحمة ربه وفارق دنيا كئيبة، وكلنا ذاك الشخص.

ردَّت مريم بعفوية وهي تكفكف دمعها:

- لا عليك.. تفضَّل أخي.. أنا أستَمِع.

بادر العميد بسؤاله الأول:

- هل كان الفقد عليكِ شديداً؟

تمعَّر وجهها وأجابت:

- أي سؤال هذا؟! إنه والدي.. عمودان يقيماني في هذي الحياة؛ هو واحد منهما، وأمي الآخَر.. انهار أحدهما وأنا الآن أعاني عدم الاستقرار.. أُحاوِل التماسك لكن هيهات، حتى العمود الآخر نهشه الآن الحزن وبات ينخر فيه سوس الفَقْد، هو الآن يتداعى.. فكيف

لي الآن بالارتكان إليه؟! موت والدي أمات معه كل الألوان.. لم تعد الحياة إلا سواداً، ولولا شيء من إيمان لتمنّينا اللحاق به بلا إبطاء، ثم تسأل هذا السؤال؟!

مطَّ العميد شفتيه ثم أعادهما لمكانهما وقال:

- حتى وإن كان ذهابه فيه حياة لآخرين؟

قطبت مريم جبينها ثم مستفسرة:

- لا أفهم.. ماذا تعني؟ ليتك تحدثني بصيغة مباشرة! أنا بسيطة جداً؛ لا أحب التكلف في الحديث واللف والدوران ولا أُحسِنهَ.

بشَّ العميد ثم أعاد صيغة السؤال:

- الإرث الذي سيأتيكم سيكون بطبيعة الحال سبباً في حل أزمات زوجك المالية، الأزمات التي أحال بسببها زوجك بيتك إلى جحيم!

تنهَّدت مريم وحاولت جاهدة منع مغادرة دمع ترقرق في عينيها، ثم قالت بصوت متهدج:

- رِحَم الله أبي.. كلهم كانوا ناقمين عليه إن لم يعطهم ما يريدون.. نسوا أو تناسوا أنَّ المال ماله، وأنَّ كونه يملك مالاً وفيراً لا يعني ذلك أحقِّيَتهم بمطالبته بالصَّرف على أحلامهم

ومخططاتهم. لهُم الحَقُّ لو أنَّه منعهم ضرورةً مِنْ ضَرورات الحياة، لا قدرة لهم على تأمينها لأنفسهم!

أعاد العميد الكوب بعد أن شرب منه جرعة شاي واحدة ثم عقَّب:

- كلام جميل يا مريم، لكن ألا ترين أن ما تقولين يناقض تماماً ما كنت.. أو بالأحرى ما كنتما أنت وزوجك تقومان به من طلب المعونة المرة تلو الأخرى حتى ملَّ منكما؟ وأظن هجرانك زيارة والديك لأسبوعين دليل على ما وصل إليه الأمر من نفور بينكم. كيف يتأتى هذا الفعل مع ما قلت من صواب صنيع والدك معهم ومعكم؟!

نكست رأسها ثم رفعته وقد كسَت وجهها مسحة من كدر وأجابت:

- إيماني بصواب ما فعل والدي، وبحقه التام الذي مارسه في ماله، لا يعارض في أن أحاول جاهدة تليين جانبه لمد يد العون لزوجي الذي سقط في أزمة مالية سقوطاً مدوياً. نعم أقر أني ألححتُ إلحاحاً عظيماً في مناسبات كثيرة على والدي، لكني كنت معذورة، فزوجي الذي فَقَد مكانته المالية لم يحتمل ذلك، وضاقت به الدنيا، بل قد تغيرت أخلاقه باتجاه السوء. بيت كنت أراه يقترب من الانهيار، فهل تراني أبقى ساكنة؟ إنَّ لدي

أطفالاً إنْ لم أضع مستقبلهم نصب عينيَّ فأيُّ أم أكون حينها؟ هذا أبوهم، وهو زوجي، ويوم أن يضيع سنضيع حتمًا! قُلْ عنه ما تشاء.. هو العمود للبيت، رضينا أم أبينا.

العميد وقد تغيَّرَت ملامحه باتجاه دهشة واستغراب علَّقَ قائلاً:

- ياااااااه! من أينَ لنا اليوم بمثلك يا مريم؟ عملة نادرة أنتِ في زماننا هذا! لو لم ألقك بمحض هذه الصدفة لأنكرت وجودها فعلاً.

تورد وجه مريم وأضفى على سحنتها الطيبة صفاء على صفاء ثم ردَّت بحياء:

- لا تبالغ يا أخي، هناك الكثير من الطيبات اللاتي يَمْلِكُ جوارحهن كلَّها بيتٌ سعيد ينعمن فيه بزوج وأولاد.. يكفيهن ذلك عن كل بهارج الدنيا. ربما لأنهن بعيدات عن الأضواء، ولا تنقلهن وسائل الإعلام كونهن لسن رموز عرض ودعاية وإغراء، هو ما يشككك في وجودهن في هذا الزمان، وربما ينفيه البعض بالكلية.

هز العميد رأسه ثم قال:

- صدقتِ، وقد قيل "لو خليت لخربت". مريم.. أنت مثال صارخ للبساطة والطيبة، وأحسب أنك أيضاً صريحة جداً، هل

تسرب الشك إليكِ ولو للحظة واحدة يوم قلنا إنَّ وفاة والدك ربما كانت بفعل فاعل، أن الفاعل هو...

رمقته مريم بعينين متسعتين دهشة، ثم لم تمهله أن يكمل قائلة:

- لا يا أخي.. إيَّاك أن تفكِّر بذلك.. أبداً لا يخطر ببالك أن زوجي وإن بدا جافاً غليظاً لظروف قاهرة يمر بها أن يفكر ولو مجرد تفكير في أن يطال والدي بسوء مهما كان بسيطاً، فضلاً عن أن يكون قتلـ.. أعوذ بالله من هكذا انحطاط في قيم وخلق! يا أخي.. نحن أسرة لنا قيم وأخلاقيات مُحَافَظ عليها من قديم الزمان، وينشأ ناشئ الفتيان فينا على ذلك. يوجد شذوذ نعم، لكن حتى الشذوذ في محيطنا الأسري له حدود. هفوة هنا، وذنب صغير هناك، لكن أن تتحدث عن جرم كالذي تذكر.. فالعياذ بالله.. العياذ بالله!

أرجع العميد رأسه للوراء وأغمض عينيه.. تنهد ثم فتح عينيه ورمى بهما إلى مريم قائلاً:

- يا مريم.. ليت الدنيا بالجمال الذي تذكرين، وإن لم يكن لنا إذاً وقتها عمل نقتات به!

شبح ابتسامة طفا على محياه، ثم استطرد: العالم تغير تماماً يا مريم. ليتك تسمعين ما نسمع نحن من حوادث تشيب لها

الولدان: ولد يقتل والده لأمر تافه، وزوجة تقطع زوجها تمرداً، وأخ يذبح أخاه على أرض لا تجاوز قيمتها الآلاف المعدودة.

هزت مريم رأسها والحزن يكسو وجهها وعقَّبَت:

أعانكم الله.. مجرد سماع ذلك يدمي القلب، فكيف بتعقُّبِ أخبارها وتفاصيلها.

أشار لها العميد بالاكتفاء، فأعطته ظهرها وولت نحو الباب.

نظر إليها نظرة شفقة ورحمة ثم غمغم:

- عسى ألا يكون! وإلا فبائسة أنتِ أخيَّتي حد الثمالة.

* * *

ما إن خرجت مريم إلا ودخلت على إثرها العاملة.. أشار إليها العميد بالجلوس أمامه.

عينان فزعتان تنظران للعميد... قال العميد في نفسه: (امرأة فقيرة غريبة لم تعتد أجواء التحقيق في مراكز شرطة، فليس عجباً أن يخيفها هذا المكان).

رسم على وجهه ابتسامة وقال مطمئناً إياها:

56

- هوني عليكِ، أنتِ هنا لمجرّد التحقيق في موت صاحب المنزل الذي تعملين به، وربما يفيد وجودك معنا هنا في حل معضلة، أو كشف غموض.

لم تفلح كلمات العميد في تهدئة خوفها، لكنها ردت:

- لستُ أفهم.. الرجل مات كما يموت الناس!

حد العميد النظر في عينيها ثم قال:

- أنت ترين انه مات ميتة طبيعية، فكيف نفهم أنه لم يستعمل الرذاذ يوم جاءته الأزمة وهو بجوار يده؟!

العاملة وقد هدأت قليلاً واستعاد صوتها ثباته، أجابت:

- كيف عرفتم أنه لم يستعمل الرذاذ؟

زوى العميد ما بين حاجبيه ثم عقَّب:

- لا يبدو أنك بسيطة سهلة التعامل! أنت عملتِ معهَم سنين طويلة، وكنتِ الأقرب له وتعلمين أن الأزمة يوم تأتيه ويستخدم الرذاذ، سرعان ما تنجلي عنه. الطبيب ذكر أنه توفي نتيجة الأزمة واختناقه. والآن دعيني أسألك؛ في الفترة ما بين أذان الظهر وحتى قبيل العصر لحظة أن اكتشفتِ موت الرجل، ألم تدخلي عليه الصالة نهائياً؟ أراه وقتاً طويلاً.. فعجيب أن تغفلي عنه لساعات!

تمعر وجهها وردت محتدة:

- كنت في بيت اخت المدام، وهي من طلبت ذلك مني كي أعينها في بعض أمورها؛ فلا عاملة عندها، ولم أرجع إلا قبيل العصر، الوقت الذي مررت عليه فيه ورأيته ميتاً.

قاطعها العميد:

- معقووووول! كل هذا الثراء ولا يوجد لصاحب البيت من يعينه غيرك!

هزت رأسها مؤكدة ذلك وردَّت:

- نعم.. صدِّق أو لا تُصدِّق. هو ثري نعم، لكنه لا يرى مبرراً لإنفاق ريال واحد بلا هدف يستحق!

قطب العميد جبينه وعقَّب:

- كان شبه مقعد.. قيامه من رقدته لوضع الجلوس فيه مشقة عظيمة، كل ذلك ولا يجد مبرراً لاستخدام عامل يكون تحت رأسه؟!

ابتسمت ابتسامة شاحبة ثم أجابت:

- لم تتدهور حالته إلا من قريب جداً.. كان يكابر ويرفض الاستسلام لواقع الضعف الذي انحدر إليه. لك أن تتخيل أنه كان يرفض أن يمد له أحدٌ يدَ العون إلا امرأته، حتى بدأت المسكينة تتعب، ومع ذلك لم تكن لتبدي له شيئاً من تذمُّر أو

حتى تغيراً في ملمح وجهها. كنت أنا أيضاً من يَسمَح لي بذلك، إضافة لإعداد طعامه الخاص في أوقات معلومة. كان قوي الشخصية، ولذلك احترمَ الجميعُ إرادته. ولأكن أكثر صراحة فقد سمعت الأولاد والأم وهم يتحدثون عن ضرورة استقدام عاملتين، أنا كان مقرراً أنْ أغادر بعد شهر مغادرة نهائية، وقد كانوا يتحينون فرصة إبلاغ والدهم لأخذ موافقته.

- يااااااه! ندَّت من العميد ثم استطرد: حتى في هذي هم بحاجة لموافقته! ذو سطوة وكفى! تنهد العميد ثم واصل الحديث إليها: استقر بك المقام معهم سنين طويلة، هل ترين الأسرة مستقرة، أم إن هناك بعض ما يكدر صفو العلاقات بينهم وبين أبيهم؟!

أجابت بلا إبطاء:

- هي في مجملها مستقرة.. رجل قوي الشخصية حتى في مَرَضِه، كان دعامة صلبة لاستقرار البيت وارتهانه تحت قوامته. لعلك تقصد أنَّ هناك بعض جدال ونقاشات قد تصل بعضها للحدة في الطرح بين الأبِ وأولاده حول إرخاء يده وبذل المساعدة المالية لهم، لكنها سرعان ما تنتهي للرضوخ لإرادة الأب، ثم تعود الأجواء لساكنة آمنة.

رفع العميد ساقاً على ساق، ثم قال مستفسراً:

- هذا حتى مع ابنته؟!

بدا أن العاملة فهمت ما يرمي إليه وأجابت:

- ابنته هذه قصة لوحدها. كانت مطالباتها كثيرة وتأخذ وقتاً طويلاً في جدال مع أبيها. هو لا يغضب منها لأنه يعلم حبها له، وهي تدرك ذلك، وكونها البنت الوحيدة سمحت لنفسها بما تقوم به، معوِّلة على مكانتها في قلبه، ثم هو يعلم أنها ليست إلّا راغبة في إرضاء زوجها واستقرار بيتها، هي لا تطلب شيئاً لنفسها، من أجل ذلك هو يقدر صنيعها وإن لَم يوافقها على ما كانت تؤمِّله، بل ينتهي الأمر كما ينتهي مع مطالبات إخوتها.

أخذ العميد جانباً وصنع لنفسه كوب شاي، ثم استدار في قبالتها وحدجها بعينين نافذتين سائلاً:

- وماذا عن زياد؟! هل كان يكتفي بمطالبات زوجته، أم إنه سبق أن ناشد أباها مباشرة؟ وهل كان النقاش حاداً والنهاية ذاتها؟!

لم يفت على فطنة العميد ملاحظة تغير ملامح وجهها باتجاه الخوف والقلق، وإنْ استعادت سحنتها الطبيعية بسرعة ثم ردَّت:

- كانت امرأته تكفيه مؤنة السؤال. لا أذكر إلا مرة واحدة واتته الجرأة فذكر لعمه حاجته الماسة، لكنه لم يمهله في إكمال طلبه، وردَّه مباشرة. ماذا حدث من تفاصيل بعدها لم أتمكن من مشاهدته، فقد كنت حينها قادمة إليهم ببعض المشروبات والمأكولات، ثم أفلت راجعة للمطبخ ففاتتني النهاية إن كنت تريد المزيد!

رفع كوبه إلى فيه ثم أشار إليها إن كانت راغبة في شيء تشربه، فلما أجابت بالنفي، أخذ رشفة ثم سألها:

- لو قلنا إننا واثِقِين أن هناك جريمة، وأنَّ الميتة لم تكن طبيعية، فمن يخطر ببالك أولاً أن يكون هو الفاعل؟ تذكري أنَّ أجوبتك كلها لن يطلع عليها أحد منهم أبداً.. لا تخشي من إجابة مهما كانت؟

شيء من ارتباك ملحوظ تلبَّسها حتى أخذت وقتاً للرد ثم أجابت:

- الأسرة في مجتمع كمجتمعكم متماسكة؛ ليس مألوفاً أن يحدث بينهم شقاق لدرجة أن يعتدي أحدهم على آخر باليد، هذا يكاد يكون شاذاً، فما بالك بالوصول للقتل؟! ما أظن أن القتل وارد في حق أحدهم أبداً.

شبك العميد بين يديه وأمال جذعه للأمام ثم حدج المرأة بعينيه معقباً ومنهياً حصة اليوم:

- الواقع أن لو كان لهذه الأسرة محامٍ ضليع ما كان له أن يدافع عن براءتهم كمثل ما تفعلين! ربما كان لعِشرة السنين دور في ذلك...

قاطعَته العاملة بصوت صارم:

- بل هو الحق المبين!

رمقها للحظات ولم يتفوه بكلمة بل.. أشار لها بالانصراف.

***

اليوم الرابع من أيام التحقيق..

يوم ماطر شديد البرودة.. مع ذلك لم يتخلَّف العميد عن الحضور مبكراً. طُرِق الباب فدخل زياد.. رجل ضخم البنيان ذو وجه صارم.. تطلَّعَ إليه العميد وقال في نفسه: "أين لك يا مريم الجلد على هذا الجلف بحق؟!"

غمغم الرجل بتحيَّة لم يتبين لها العميد ملمحاً واضحاً، في إرادة لنزع هذا الجمود من الرجل، سأله العميد إن كان يريد قدح قهوة، فأشار بالرفض.

العميد وهو يعد لنفسه كوب الشاي، ابتدر الرجل بسؤال ثقيل:

- زياد.. عمُّك ذو ثروة واسعة، لكن المال ماله، ومادام لم يعط أولاده منه إلا بقدر الضرورة والحاجة الماسة، فلِمَ كنت تتوقع أن يكون معك كريماً؟ بل كنت تجدُّ عليه وجداً عظيماً، من أعطاك الحق في ذلك؟

تميز وجه زياد بغضب شديد واحتقن وجهه احتقاناً عظيماً، فأجاب بعنف:

- هذه شؤون عائلية ليس من حقك أبداً التطرُّقَ إليها.. إن كان ثمة ما يتعلق بجريمة كما تتوهمون فهات ما لديك، عدا ذلك فإني أعتذر!

كسَت وجه العميد مسحة جد وصرامة، وعقب بصوت قوي:

- وأنت هنا بين أيدينا، ليس لك إلا الجواب عن أي سؤال. أنتَ لستَ معنياً بتحديد أهمية ما يطرق سمعك، بل عليك حلحلته داخل دماغك، وإيجاد إجابة له شافية ونرتضيها أيضاً! أظن ذلك واضحاً، وهات ما لديك إذاً!

لو كان لهذا العتل الحرية لضَرَبَ الطاولة أمامه وهدَّ أركانها، لكنه أسير أمن، لا قِبَل له بالتطاول عليه ولو بلفظ.

أجاب بحدة:

- نعم، نقمت على عمي على أنْ لم يمد لي يد العون. الضغوط المالية التي مررت بها كانت موجعة. حاولت جهدي تجاوزها فلم أستطع. في نظرك لو كنت مكاني ما الحل؟! نعم، لو لم يكن حولك أناس في قدرتهم المساعدة فلن يكون لك حينها إلا الصبر حتى تنفرج وإن طالت، لكن أن يكون أقرَبُ المقربين لك يمتلك ما لو أعانك لفكَّ كربتك، لم يضيره شيءٌ لضخامة ثروته، ثم تعزف عن مناشدته فذلك لا يستقيم عقلاً، وهل خلق الأهلون والمقربون إلا لذلك؟! سند هم لك في الحياة، وإن لم يكونوا فما قيمتهم؟

العميد وقد لانت ملامحه، عقَّب بقوله:

- أتَّفِق معك في ذلك، لكن لعمك مواقف مع أبنائه لا تخفى، فكيف كنت تظن أنَّ تكرار مطالبتكم له كانت ستؤتي أُكُلها؟

هدأت ثائرة غضب زياد، وتحوَّلَ وجهه باتِّجاه شيء مِن السماحة وردَّ سريعاً:

- كانوا يطلبون لأمور كمالية، وإن قلنا بأهمِّيَّة التعليم، لكنَّنا كُنَّا نطلب لضرورة حياة، وشتان بين المطلبين! ثم إني ولا أخفيك كنت أعوِّل على مكانة ابنته الوحيدة في قلبه، وأنَّه لن يرد لها طلباً، وإن ردَّه مرة فلن يقوى على رِدِّها مرة ثانية...

قاطعه العميد:

- وقد بان أنَّك كنت مخطئاً في تصورك!

نكَّس زياد رأسه وأجاب على عجل:

- لأبعد الحدود!

أرجَعَ العميد رأسه للوراء وأراحه على الكرسي ومد رجليه، بقي للحظات ثم استعاد جلسته وسأل زياداً:

- برغم العلاقة القوية بين زوجتك ووالديها إلا أنها لم تزرهم آخر أسبوعين من وفاة والدها، لماذا؟!

مسحةُ سَكِينة طغت على وجه زياد وهو يجيب:

- لك أن تصدق أو لا تصدق.. أنا من طلبت منها ذلك...

قطَّب العميد جبينه وقال مقاطعاً:

- معقول! ولم منعتها؟

تنهد زياد وأكمل إجابته السابقة:

- نعم طلبت منها ألا تذهب ولو لأيام، فقد أحسست أني قد آذيت مشاعرها ولم أقم لعواطفها اعتباراً. انكسرت هناك كثيراً وهي تستدر عطف والدها كي ينقذني. عانت مني أيضاً وأنا أتميَّز غيظاً وغضباً كلما جاءت من عندهم والخيبة معها، وكنتُ أُسمِعُها في بخل والدها ما لا يليق، وكأنها مسؤولة عن تصرفاته! أخيراً جاء الوقت الذي فقت فيه ورجع لي فيه عقلي، لأفهم أن

الطريق مسدود، وأنَّني كنت أضغط عليها بما لا قِبَل لها به، ولولا أنها امرأة من بقية الجيل السابق لكان لها أن تترك البيت وتفارقني، ولو فعلت لأحالت حياتي جحيماً. إنّي أيضاً بِحَثِّها على عدم الذهاب أرجعتُ لها شيئاً من كرامتها، فقد أرسلوا لها أحد إخوتها ليطلب منها زيارتهم فقد اشتد شوقهم إليها.

غمغم العميد وكأنه يكلِّم نفسه:

- إذاً لا داعي لهذا السؤال أصلاً؟!

زياد مستفسراً:

- ماذا تقول يا سيادة العميد؟

مرر العميد يده على جبهته، ثم أزاحها وقال:

- لم يخطر ببالي ردك بصراحة، وكنت موطِّناً النفس على سؤالك عن مدى علاقتك بعمِّك، وهل كنت تكِنُّ له حباً.. أعني قبل حصول الانتكاسة المالية لك؟!

ابتسم زياد ابتسامة شاحبة ثم جاء الرد:

- لو أنَّ اشتراط الحب لوالدي الزوجة ركنٌ في الزواج لما فُتِحَت أغلب البيوت. كانت العلاقة الطبيعية التي تفرض الصحبة في حدودها الوسطى، لا أقول الدنيا، فكأننا قريبان من عداء، ولا أقول العليا وكأننا لا نقدر على فراق بعضنا، ولو للحظات. الاعتدال في التعامل وفي أجواء اللقاء، يهمك بطبيعة

الحال أن تعلم أنّي وإنْ تميّزتُ غضباً يوم يردُّنا خائبين، لا أحمل عليه ضغينة تخرجني عن طوري فـ...

التفت إليه العميد سريعاً وحدجه بنظرة فاحصة.. توقف زياد لحظة وقد وضع عينيه في عيني العميد، ثم أكمل:

أظنك تريد معرفة هل أن غضبي قد يخرجني عن جادة العقل فربَّما أقتل عمي!

ثم ضحك زياد ملء شدقيه، مما أحنق العميد الذي قال:

- لا أدري ما الذي يضحكك!

رد زياد بسرعة وقد توقف عن الضحك:

- يضحكني هذا الخاطر الذي ملأ تفكيركم. وقد ضحكت فعلاً يوم أبلغتني زوجتي أنَّكُم تشكُّون في قيامي بالقتل. أنا غضوب نعم، قاسٍ في التعامل أيضاً صحيح، لكني ابن ناس قد رُبِّيتُ في بيت عقلاء فضلاء. ربما لم أكتسب منهم كثيراً، لكن في أدنى الأحوال لا أنزل إلى هذه المرتبة، ولا أسقط هذا السقوط.. أبداً!

أدار العميد كرسيه جانباً، ثم رفع يده قائلاً:

- شكراً زياد.. بإمكانك الانصراف.

أغمض عينيه برهة ثم فتحهما والتفت جهة الباب: مَنْ إذاً يا عبد الله.. من؟!

* * *

والليلة الأولى من إجازة نهاية الأسبوع.. دخل العميد بيت أبناء أخيه.. لم يكن إلا محيسن وعمير موجودَين ومسمَّرَين أمام التلفاز.

العميد وقد رسم بسمة على وجهه قال:

- مباراة للفتح؟!

أجابا بلا التفات:

- نعم.

رفع العميد حاجباً فوق الآخر وعقَّب:

- كالعادة طبعاً.. مهزومين!

ضحك عُمَير وردَّ:

- لا.. لنا هدف ولكن واضح أن الفريق المقابل سيقلب النتيجة.

محيسن وقد رفع يده وصوته وقال مغضباً:

- بالله هذا لاعب! أمام الشباك، والحارِسُ مَرميٌّ على الأرض، ثم يركلها خارج المرمى!

اتصل العميد بحمودي وبرهوم، وطلب منهما سرعة الحضور فثمة تطورات في القضية ولا يريد أن يأخذهم الوقت فيضطر للسهر وهو غير معتاد عليه.

جلس العميد في ركنهم المعروف، وسأل:

- لم ينزل أحد من أعمامكم من الدمام والجبيل؟

محيسن مجيباً وعيناه لا تنفكان عن الشاشة:

- لا عمي.. أرسلا في (القروب) أنهما لن يستطيعا النزول للأحساء؛ فالجو تغير فجأة.. رياح شديدة ومحملة بالتراب. لن يكون الطريق آمناً، ونشرة الأحوال الجوية ذكرت أنَّ ذلك سيستمر الليل بطوله.

صرخة هائلة بلغت بالتأكيد نوافذ بيوت الجيران وحطمتها من محيسن وعمير مع قفزة كاد لها رأساهما أن يرتطما بالسقف:

- هدددددددف ثانٍ! رجال.. عندنا رجال!

ضحك العميد وعلق:

- أخيراً.. لَم نرَ هذه الفرحة مِن زمان! وإن كان كالعادة سيهزمون في المباراة القادمة، ولو كان المقابل مِن فرق الهبوط!

رفع العميد غطاء طبق التمر وتناول واحدة وهو يقول:

نتمنى ذلك، وإنَّ غداً لناظره قريب، ومَثَلنا الشعبي المشهور يقول: "اللي في الجِدِر يطلِّعه المَلَّاس".

ضحك الاثنان وعقَّب عُمَير:

- يا لهذا "الجِدر" الذي لم نلحق عليه ولا.. "المَلَّاس"!

حمودي بجلبته المعروفة عند الدخول:

- لا زلنا في "الجِدِر والمَلَّاس".. مؤكد أن الكلام عن مباراة قادمة للفتح!

حدج محيسن وعمير بنظرة جانبية، ثم استطرد: مهزومون.. لا تحاوِلوا.. مباراة واحدة تفرحون بها ثم يعقبها النكد والسخط! العميد للثلاثة:

- لن نضيع الليلة كلها في تحليل ومباريات! أين برهوم؟

قبل أن يكمل دخل برهوم حاملاً معه صندوقاً كرتوني فيه (كيك أرامكو) الذي لا يعادله – في نظره – أي (كيك) آخر أو أي صنف من الحلويات.

رفع العميد يديه ثم خفضهما:

- يا حلاوة! هكذا ضمنا ضياع الليلة بأكملها!

ضحك برهوم وعقَّب قائلاً:

- لا يا أخي.. كلها خمس دقائق وبعدها نستمع إليك.. ولن نحتاج للكثير لوضع النقاط على الحروف.

بمجرد الانتهاء وتناول القهوة سريعاً، تحلقوا في دائرة وبدأ النقاش.

أعطاهم العميد تفصيلاً لكل ما دار مع أهل الميت من تحقيقات، ويوم انتهى منها عاجله برهوم بالسؤال:

- وماذا عن نتائج المعمل وتقرير رجال التحري؟

هز حمودي رأسه موافقاً ثم أتبع:

- وأيضاً ماذا ذكروا عن بصمات الأصابع المرفوعة عن العلبة وكل ما حول الميت من أشياء كالسرير والطاولة بجواره، وعلبة الرذاذ و...

عمير:

- وكذلك لا تنسوا آثار الأحذية على الرمل المتجمع عند باب البيت الخارجي.

محيسن مكملاً:

- وبالتحديد ذلك الذي قلتم يا عمي وابن عمي أنكما لاحظتما أنه غائر الطبعة على الرمل من مقدمته، وكأن صاحبه يريد فراراً.

رفع العميد كفه في إشارة للسكوت، ثم علَّق:

- مهلاً مهلاً.. على رسلكم! كل ذلك ستسمعون عنه الآن، والرجاء التركيز.

أخذ العميد نَفَساً عميقاً ثمَّ أخرجَه واستطرد:

- نبدأ بالرذاذ.. العلبة عليها بصمات كثيرة، لكن منها واحدة شديدة الوضوح، ولعل صاحبها ذو اللمسة الأخيرة وهي لـ..

الجميع في حالة ترقب لما يُسفِر عنه قول العميد، لكن برهوم لم يقدر على الاحتفاظ بِصَمْتِه، فبادر العميد مقاطعاً قبل الإكمال:

- نعم أخي.. لمن هي؟!

حدجه أخوه العميد بنظرة عتاب، ثم رامقاً الجميع بنظَره:

- هي لزوج أختهم.

شهق الجميع وبصوت واحد:

- زياااااااااد!

- نعم لزياد، واستطرد العميد: والطاولة.. لكم أن تعجبوا أنَّ البصمة شديدة الوضوح عليها، وهي لزياد أيضاً!

محيسن:

- وهل بعد ذا مع ما قيل عنه من صفات وتصرفات ومشاعر ضد الفقيد يبقى شك في أنه...

72

عمير:

- لا تستعجل يا محيسن! لسنا هواة نسمع بقضية لأول مرة.

مرَّت بنا حالات كدنا أن نجمع على جرم شخص معين فإذا به

أبعد الناس عن ذلك.

برهوم:

- كلام عمير عين العقل و...

زوى العميد جانب فمه ثم قال:

- كفى استرسالاً في تعليقات لا نريد للوقت أن يضيع.

أذعن الجميع لقوله، ثم أنصتوا له بكليتهم.

العميد:

- نأتي الآن لطبعات الأحذية على الرمل. هناك الحذاء ذو

الأثر الغائر في المقدمة.. هو ويا للعجب لزياد.

قطَّب الجميع أَجْبُنَهم وتلاقت عيونهم في دهشة!

أكمل العميد قبل أن يجد أحدهم فرصة للمداخلة:

- هناك أيضاً.. طبعة لحذاء نسائي!

حمودي:

- نعم.. هذا لاحظناه.. لكن يبقى لمن يكون؟! فليس في البيت

إلَّا الأم، وهي كانت مدعوة في بيت أختها من أوَّل الصباح وحتى

العصر.

برهوم:

- والأخت.. زوجة زياد.. لم تزرهم الأسبوعين الأخيرين من وفاة

والدها.

- وإذاً!

نطق بها محيسن.

العميد:

- هذا يجعلنا نفكر في غريبة دخلت البيت حينذاك.

برهوم:

- لكنهم لم يذكروا لهم قريباً أو قريبة بالجوار.

حمودي:

- وزيارة إحدى الجارات منتفية لعدم وجود الأم.

تطلَّع العميد لساعته ثم هز رأسه:

- ألَم أقُل لكم إنَّ الوقت سيسرقنا، لا قدرة لي على المواصلة،

لكن رجاءً.. لتكونوا حاضرين ليلة غد بعد صلاة العِشاء مباشرة..

رجاءً لا تأخير!

وقبل خروج العميد عاجله برهوم بقوله:

- لا تنسَ إحضار متعلقات الفقيد وجواله.. لا بدَّ منها، لعل

فيها ما يفيد.. مَنْ يدري!

***

وجاءت الليلة التالية والمرتقبة، وكان الجميع على الموعد عدا العميد! أطل عليهم بعد ساعة.. التف إليه الأربعة بعيون متسائلة.

ابتسم العميد مُلَوِّحاً بيده وقائلاً:

- أعلم.. أعلم ما تودُّون قوله! كان مقرراً أن أصل قبلكم.. تعلمون حرصي على الوقت لكن تلقيت اتصالاً عاجلاً من القيادة العليا.

تساءل حمودي على عجل:

- خيراً إن شاء الله.

اكفهرَّ وجه العميد وأجاب:

- جريمة مروعة تداعت لها وسائل الإعلام كلها في ذات اللحظة.

عمير:

- إذاً هي متعلقة بطرف إمَّا ذي منصب أو أجنبي تحركت له سفارة بلده!

هز العميد رأسه ورد:

- هو ما قلت عمير. الطرف المغدور أجنبي، لذا لا بُدَّ من الانتهاء من موضوعنا خلال أيام على أكثر تقدير.

برهوم وبصوت حاسم:

- نعم.. سننهيها بإذن الله عاجلاً!

مطَّ حمودي شفتيه وقال:

- ثلاثة لا أكثر.

- لنبدأ إذاً بلا إبطاء.

قالها برهوم.

أخذ محيسن جوال الفقيد وتجول في مكنونه.. آخر رقم اتصل بالفقيد يحمل رمزاً غريباً بدلاً من الاسم.. تطلعوا إليه جميعاً باهتمام.

جال بنظره على أسماء المتصلين لشهر مضى، ثم رفع رأسه وقال:

- آخر رقم متصل يحمل رمز X بالإنجليزية، وهو رقم تكرَّر لمرات في الشهر الأخير!

عمير:

- وماذا يعني هذا الرمز؟

برهوم:

- عادة يرمز هذا الحرف لخطر!

العميد:

- وهل تجد ذات الرقم في (الواتساب).. ربما كان هناك صورة

ما؟!

تفقَّد محيسن (الواتساب) فلم يجد للرقم الغريب وجوداً:

- لا.. لا وجود له في (الواتساب). قال محيسن ثم استطرد:

دعوني أرَ الرسائل ربما كانت هناك رسـ...

أطلق صيحة فرحة ورفع وجهه إليهم قائلاً:

- هذه رسالة من X للفقيد!

عمير:

- بسرعة محيسن.. ما فيها؟!

مر محيسن بناظره على كامل الرسالة، ثم قال وقد زوى ما

بين حاجبيه كاسياً وجهه ملمح استغراب:

- رسالة عجيبة! واضح أنها امرأة وهي تطالبه بضرورة رؤيته،

وأنها لن تطيق صبراً أكثر من ذلك!

سُحُبُ دهشة غزت وجوههم جميعاً!

لحظات مرَّت قبل أن ينطق العميد:

- سأتَّصِل الآن بمخابراتنا للبحث الفوري والعاجل عن تلك

المرأة عن طريق رقمها، وإبلاغنا بكُلِّ ما يتعلَّق بها.. كل شيء!

نصف ساعة لا أكثر وتدفَّقَت إليهم المعلومات، لَمْ تُفلِت شاردة ولا واردة عن المرأة إلا وجعلتها بين أيديهم.. سردها عليهم العميد من رسالة بعثت على جواله:

- داليا باهي.. امرأة في منتصف الخمسينات. ابنة وحيدة لوالدين سوريين، توفي الأب أثناء نزوحهم خارج بلدهم، واستطاعت الأم مع ابنتها الوصول هنا. تمَّ إدماجهم مع المجتمع وإن بقيت بعض أمورهم عالقة لضياع متعلقاتهم الشخصية الرسمية ومنها بطاقات الهوية.

تعيش داليا اليوم بمفردها في شقة صغيرة بعد أن ماتت أمها بسكتة قلبية. لا تعمل ويصلها تبرع من أحد المحسنين عن طريق مؤسسته التي تحول لها مبلغاً معتبراً كل شهر!

برهوم مقاطعاً:

- وما اسم تلك المؤسسة؟

رفع العميد رأسه رامقاً الجميع بعينين متسعتين وقائلاً:

- المؤسسة.. تنحنح قليلاً ثم أتبع بصوت أقرب للهمس: تابعة للفقيد!

نظر بعضهم لبعض في دهشة واستغراب.. لحظات صمت وتفكير قطعها برهوم قائلاً:

- أحسب أننا اقترينا من النهاية!

تنهد العميد وعقَّب:

- آمل ذلك يا برهوم.

محيسن حادجاً عمه العميد بنظرة تساؤل ثم قال:

- لكن.. ما علاقة الفقيد بامرأة نازحة؟! هل تكون المعرفة بدايةً محضَ صدفة، ثمَّ كان مدُّ يد العون، واستمرَّ بعدها كل تلك السنين عهد قطعه مثلاً الرجل على نفسه؟!

عمير معقِّباً:

- ولِمَ هي بالتحديد؟ النازحون يومها كثر، ولِم لا يكون مالاً مستقطعاً يوجِّه لجمعية خيرية تتبنَّى توزيعها على مجموعة منهم، لا أن تكون قاصرة على واحدة فقط!

حمودي، وقد وضع كفَّه على فمه ذاهباً في تفكير عميق، ثم نطقَ قائلاً:

- خصوصاً وأنَّ المبلغ الذي يصلها أبعد عن أن يكون تبرُّعاً أو مُساعَدة.

أخذ محيسن نَفَساً ثمَّ زفره بقوة مطلقاً صوتاً، وسائلاً ابن عمه:

- ما الذي تقصده؟ لَم أفهم!

حمودي وقد علَته ابتسامة جميلة ردَّ:

- المبلغ كبير قِياساً على حاجة شخص متوسط الحال، فكيف بامرأة نازحة لا تملك شيئاً؟! كان يكفيها القليل جداً.

برهوم مضيفاً:

- وأيضاً استمرارية العون وكأنَّه عهد قطعه الفقيد على نفسه حياته كلها.

العميد:

- هناك حلقة مفقودة!

رفع برهوم حاجباً فوق الآخر، ثم وهو يبتسم:

- ستُحَلُّ يا أخي يوم أن تربطوا بين... ثم حدجهم جميعاً بنظرة ذكية.

نظروا إليه طالبِين إكمال حديثه، فاستطرد برهوم: نريد الربط بين المرأتين؛ الغريبة التي زارت الفقيد وآثار حذائها المطبوع على الرمل، والثانية هذي الـ. داليا!

العميد:

- تقصد أنهما ربما كانا لشخصية واحدة؟

عمير رافعاً قبضته في الهواء:

- نكون حينها اقترينا من عنق الزجاجة ونهاية النفق!

التفت إليهم العميد وقد غزت وجهه إشراقة رائقة:

- أبطال أنتم بحق، ورجال يُشَدُّ بكم الظهر! إني أرى النور يلوح في نهاية النفق.. يلوح جداً.

***

الأحد.. وصباح مشرق جميل.. العميد بوجه متورد صافٍ كله أمل بقرب الانتهاء من القضية.. مجرد أن دقَّت الثامنة وإذ بالجندي يستأذن في إدخال زياد.. ما إن أخذ مكانه حتى رفع إليه العميد رأسه وأطال النظر في عينيه ثم سأله:

- زياد.. هل تراك أخفيتَ عنَّا شيئاً في الجلسة السابقة؟

بعينين قلقتين أجاب زياد:

- أخفيتُ شيئاً! مثل ماذا مثلاً؟

طبطب العميد بكفه على ذراع كرسيه ثم بهدوء قال:

- نريدك أنت أنْ تقول؛ لأنَّ ذلك يحسب في صالحك، وإن أبَيتَ سنقول لك ما الذي أخفيتَه، وحينها تكون ضلَّلتَ العدالة و...

سكت العميد برهة وهو يحدق في زياد بعينين نافذتين ثم استطرد: دعني أُيَسِّر عليك الأمر لتعلم أننا نملك فعلاً ما

يجعلك تُسَارع في نقل الصورة كاملة بلا إغفالِ شيء مهما كان حقيراً! لم تذكر في الجلسة الماضية أنك أتيت بيت عمك!

زياد مرتبكاً:

- أنا أتيت؟ ألديكم دليل؟ أم أنه التخمين و...

قاطَعه العميد وبصوت صارم:

- بل أكثر من دليل! هناك طبعة حذائك على الرمل عند الباب الخارجي، وهي طبعة لا توافق إلا حذاءك.

ازدرد زياد لعابه وتمعر وجهه وهو يستمع للعميد مواصلاً الحديث: ثم هناك بصمتك على الطاولة التي بجوار سرير عمك.. بصمة توحي بأنك قمت بزحزحتها على السيراميك فأحدثت فيه خطين واهنين لكن واضحين! بالمناسبة.. طبعة الحذاء على الرمل لَم تتكوَّن عند الباب الخارجي إلا بعد الحادية عشرة، هذا يعني أنَّكَ زرتَه عند الظهر، الوقت الذي رجَّح الطبيب الشرعي حدوث الوفاة فيه!

امتقع وجه زياد لكنه تمالك نفسه وأخذ يعد نفسه للدفاع فقال:

- إذن ليس إلا الصراحة سبيل نطرقه.. نعم، زرته الظهر.. لم أذكر ذلك لأنكم لَم تسألوني، ثم إنِّي خشيتُ إن تطرَّقتُ لها أن توَجَّه لي تهمة أنا بعيد عنها كل البعد!

رفع إليه العميد يده قائلاً:

- لن أقاطعك زياد، لكن لا تغفل شيئاً أبداً!

هز رأسه زياد موافقاً ثم تابع:

- كان الهدف محاولة أخيرة عل وعسى، فقد تدهور وضعي المالي تدهوراً خطيراً. لعلها الواحدة يوم دخلت.. دعني أذكر أمراً عَجِبتُ له قبل ذلك.

نسيَ العميد وعْدَهُ وتساءل مسرعاً:

- وما هو؟!

استطرد زياد:

- قبل أن أدخل خرجت امرأة غريبة لم أرها من قبل وملامحها أجنبية.. رمقتني بنظرة جانبية ثم سرعان ما أخذت طريقها مشياً باتجاه الشارع الرئيس، لَم أهتم، ودلفت للداخل.. هناك صدمَتني المفاجأة.. عمّي كان واضحاً أنه ينازع وقد ظننت أنه يمر بأزمة ربو حادة، فبحثت عن رذاذه فلم أجده على الطاولة بجانبه، قلت لعله سقط تحت الطاولة فقمت بزحزحتها وفعلاً وجدت العلبة هناك. حاولتُ أن أعينه في استنشاق بخارِها لكن بان أنه لا يستجيب، وأنه قريب من موت محتم. كان احتضاراً.. فقضى.. أُسقِطتُ في يدي وبت حائراً ماذا أفعل.. الكل يعلم غضبتي الشديدة عليه، وأنني لم أكن راضياً عن حجبه

المال عنا، وإذا أضفت لذلك أن زوجتي لم تزره لأسبوعين فهذا يمعن في تشكيل رأي عني أني بلغت في الموجدة عليه مبلغاً عظيماً. استقر تفكيري على الخروج وعدم التطرق عن زيارتي لأحد خصوصاً وأني مرتاح الضمير أن لا ذنب لي في موته، بل إنّي حاولتُ إنقاذَه لكن قد تأخر الوقت.

فتح العميد عينيه وحد النظر في زياد ثم قال:

- وإذاً؟

- وإذاً ماذا؟

نطق بها زياد متسائلاً.

شبك العميد بين يديه وأراحهما على سطح مكتبه ثم قال:

- إن قلت بنفي التهمة عنك فمن يتبقى إذاً لتوجه إليه التهمة؟

تسرب القلق مرة أخرى لزياد، وقبل أن يقول شيئاً، جاءه الفرج من فم العميد حين قال: ربما يكون الفاعل مجهولاً عنا وعن الجميع. ماذا يا زياد عن المرأة الغريبة التي ذكرتَ أنك رأيتها تخرج من بيت عمك؟ أتراها لها علاقة بالموضوع خصوصاً وقد خرجت وقت احتضار عمك؟

زياد:

- لست أدري.. لكن ربما يعرفها أحد من أهل البيت، زوجة عمي مثلاً أو أحد أبنائها؟

رد العميد بسرعة:

- لا.. لا يعرفها أحد منهم، وهذا معناه أنها أتت خصيصاً لزيارة عمك وقد اختارت الوقت الأنسب، أو هو ربما اختاره لها، فلا وجود لزوجته ولا للعاملة والأبناء، كلٌّ في عمله لا يأتون إلا عند العصر.

قطب زياد جبينه وهو يقول:

- لكن من تكون هذي الأجنبية، هذا هو السؤال.

ردَّ العميد بصوت كله ثقة:

- هذا الذي سنعرفه قريباً.. وقريباً جداً.. لكن زياد.. هل تستطيع التعرف عليها يوم تراها؟!

هز زياد رأسه وقال بثقة:

- نعم! ملامح قلَّما ينساها الرائي ولو كانت النظرة لمرة واحدة.

حدجه العميد بنظرة متسائلة.. فأكمل زياد: قامة متوسطة، لكن جمال أخَّاذ تَعْجَبُ أن تحمِلَه امرأة في سنها، ولولا خصلات شعر تمردت من تحت الخمار فبان بياضها لظننتها في الثلاثين!

ابتسم العميد ابتسامة ذات مغزى لكن سرعان ما أخفاها وسأل زياداً قائلاً:

- ستدخل الآن امرأة، وسنرى إن كنت ستتعرَّف عليها أم لا!

فُتِح الباب، ودخلَتِ المرأة، فاتَّسَعَت عينا زياد حين رآها، وأطلَقَ صيحة ثمَّ قال:

- هي يا سيادة العميد بشحمها ولحمها! هي ولو كانت بين نساء العالم كله ما أخطأتُها أبداً.. أبداً.

***

جلسَتْ قبالة العميد... رمقها بنظرة فاحصة لم يملك معها لسانه إلَّا أن يغمغم: "سبحان الخلاق".

تنهَّد ثمَّ قال لها:

- داليا باهي.. تكفَّلَ الفقيد بإعالتها طوال حياته وبمبلغ كبير! ترى ما حقيقة العلاقة بينكما؟

بصوت لم تَشُبْه ذرَّة خوف أو تردد:

- ليتني كنت وصلتكم من قديم؛ لربما كان لي أن أحظى بحقوقي بدلاً مِن أن أقِف الآن تصوب إليَّ سهام الشك والريبة...

قاطعها العميد وبصوت صارم:

- دعكِ مِن سهام الشك والريبة، الأمر تجاوز ذلك؛ فنحن ربما فكرنا في ضلوعك بقتل الرجل!

برغم خطورة الكلام الذي قاله العميد لَم تهتزَّ للمرأة شعرة،
واستمرَّ مسلسل السكينة والهدوء الذي يتلبَّسها.

رسمَت ابتسامة وإنْ كانت شاحبة على وجهها، وأخذَت في
سرد القصة بأكملها.. بأكملها!

أنصتَ العميد بكل ذَرَّة من كيانه لما تقول المرأة:

- لم تدع لنا الحرب في بلدي سبيلاً للبقاء.. كان لا بد من
الفِرار.. حرب ليس لنا فيها ناقة ولا جمل.. فررنا مع الفارين،
وصلنا لبلدكم، الحق أننا كُنَّا موضع ترحيب.. عومِلنَا معاملة
راقية، وتم تأمين سكن لنا مع بقية النازحين.. كان العقار الذي
ستُسَلَّمُ لنا شقة فيه، صاحبه الذي تعاقدت معه حكومتكم هو
الفقيد نفسه! جاء يومذاك مع كبار إداريّي مؤسسته لتفقُّد
العقار قبل تسليمه.. جاءت عينه بمحض الصدفة عليَّ وأنا ابنة
العشرِين، فاهتز كيانه بقوة ولم يفت ذلك على المحيطين به، لك
أن تعجب أننا أُعطِينا أفضل شقة بناء على توصية منه، قال لي
ذلك لاحقاً يوم أن اقترَنَّا...

تملَّكَتِ العميد دهشة عظيمة، فقاطَعَها على عجل:

- تزوَّجتُما!

- نعم.. فاهت بها المرأة ثم استطردَت: لَم يُضِع الفقيد وقتاً..
زارنا الليلة الأولى لنا في الشقة.. كنتُ أنا ووالدي ووالدتي.. الرجل

ثري ثراءً فاحشاً برغم كونه شاباً، كما ولا يعيبه شيء في شكل..
لَم يتزوَّج بعد.. نحن كنَّا في مأزق برغم تعامُل السُّلطات معنا
بلطف، إذ كنَّا لا نملك أوراقاً ثبوتية.. لحظة نطقَ بطلب يدي
تهلَّل وجهَا والدِيَّ، لا زلتُ أذكر صورتَيهما حتَّى اليوم، فرحهما لَم
يدَع لي فرصة للتفكير، كنَّا نظنُّ أنَّ اقتراننا به حبل النجاة
لوضعنا المعيشي، كنا نمنِّي النفس بمساعدته لنا في استخراج
أوراق ثبوتية بديلة وفي مال نعيش به عيشة طيبة.

عاهدنا الرجل أن سيبذل وسعه في جعل معيشتنا هنا
نظامية غير أنَّ ذلك بحسب قوله سيأخذ وقتاً.

عجَّلَ علينا برغبته في الزواج ولمَّا سأله أبي عن كيفية كتابة
العقد القانوني وهم لَم يتحصَّلوا بعد على أوراق ثبوتية، كان
جوابه ببساطة أنَّ الزواج شرعٌ ليس شرطاً فيه الأوراق الرسمية
الموثَّقة، وإنَّما يكون كافياً جداً إثبات ذلك في ورقة يشهد عليها
شهود، وفي وجود ولي الأمر وتوقيعه على الموافقة، هكذا كما
يقول بكل بساطة، ويوم أن نحصل على الأوراق الثبوتية سهل
جداً أن نقوم بإعادة كتابتها قانونياً.

زوى العميد جانب فمه ثم قال:

- وطبعاً وافقتُم.

مسحة حزن كسَت وجهها فزادته حسناً على حُسن ثمّ استطردَت:

- وتمَّ الزَّواج.. حملتُ الشهر الأول، وهنا كانت نقطة التحوُّل في علاقتنا؛ فقد تغيَّر الرجل تغيُّراً كبيراً، لَم يعُد يزورنا كسابق عهده، تَمُرُّ أيام بين كلِّ زيارة وأخرى.

مطَّ العميد شفتيه ثمَّ عقَّب:

- مع أنَّ الحمل كان له أن يُقَرِّب بينكما أكثر.

حَبَسَتْ دمعاً كاد أن يفرَّ مِن عينيها، وقالت بصوت تسرَّبَ إليه الضعف:

- للأسف حدث العكس تماماً.. بعد الجفوة جاءت الصاعقة، فقد تسرَّبَ إليَّ خَبرُ زواجه مِن إحدى قريباته.. دارَتِ الدنيا بي فلَم أعد أعي ما يحدث.. لِمَ يفعل ذلك؟! جمالي لن يجد له مثيلاً، ولن يجد بيتاً هو أسكن وأهدأ ممَّا تقيمه أمثالنا.

وطَّنتُ النفس على تقبُّل الأمر الواقع، لكن الرجل كان يبيِّت أموراً أخرى.

ساعة جاءني الطلق رفضَ رفضاً قاطعاً أن أذهب للمستشفى.. كانت حجَّته أنِّي لا أملك بعد أوراقاً ثبوتية، ثم إنَّه لن يستطيع التوقيع على أنه أبٌ للطفل.

رمقتُه بعينين جاحظتين تتقدان ناراً.. لَم يُعِرني اهتماماً وقال إنَّه لن يفعل ذلك لعدم وجود وثيقة زواج معتَمَدة قانونياً.

طلبتُ منه تقديم ورقة الزواج وفيها إثبات شرعيَّته وأنَّ عدم التوثيق كان لحين استصدار أوراق ثبوتية لنا بديلة.

بكلِّ برود الدنيا قال إن ذلك لن يُجدِي مع المستشفى؛ فهم لا يتعاملون إلا بالأوراق النظامية.

قدَّمَ لها العميد كوب ماء احتسَت منه رشفات، هدأت قليلاً ثمَّ واصلَت: بعثَ بطبيبة مِن مستوصف لأحد أصحابه وكانت الولادة في البيت.

زفرَت زفرة حارَّة، ثمَّ رفعَت وجهها تشرب هموم العالم كله وواصلَت: حتى الفرح الطبيعي الذي تحِسُّه إحدانا حين ترى الطفل بين يديها حرَمني منه.

سألتُه عمَّا سنفعله لتوثيق ولادة الطفل وتسجيل اسمه، فما كان منه إلا أن قال بكلِّ سماجة إنَّه لن يفعل ذلك، وإنَّه مضطر للتحايُل حتَّى يمكِّنَ للطفل حياةً معه وفي بيته، فلا يُحرَم نعمة العيش الرغيد معه ومع إخوته مِن الأخرى مستقبَلاً.

ولمَّا رأى هلعي ممَّا ذَكَر وسؤالي كيف سيأخذه منِّي وكيف سأحيا بدونه، أجاب بأنَّ عليَّ أن أُضحِّي مِن أجل ابني، فلو تركه

معي كما يقول سَيُعاني مِن كلام الناس، وأنا أيضاً سأتَّهم في عِفَّتي؛ إذ لا يعرف المجتمع ابن مَن هو.

نكسَت رأسها، واسترسلَت في بكاء مرير.

حرك العميد رأسه يميناً وشِمالاً، ونظرَ للمرأة نظرة عطف وإشفاق وسألها:

- إن لَم تكُن لكِ قدرة على الإكمال فلا مانع أن...

لَم تمهل العميد ليتمَّ كلامه، فقاطعَته بعد أن رفعَت رأسها، وحدجَته بعينين غسلهما البكاء قائلة:

- "يا مجرم!" قلتُها في نفسي.. وسألتُه ما الذي ينوي فِعله تحديداً، فألقى على سمعي السيناريو الشيطاني الذي رسمه تفكيره الخبيث، وهو أنَّه سيذهب به إلى دار اللقطاء والأيتام وسيقول إنَّه وجدَه عند باب بيته، وبعد تسجيله هناك سيطلب منهم التكفُّل برعايته في بيته رعاية كاملة، وهذا ما حدث، فقد أعطاه اسم وليد.

اتَّسَعَت عَينا العميد على أشدِّهما وعقَّب:

- ما الذي تقولينه يا امرأة؟! وليد... ابن له حقيقي وأنت أمُّه؟!

***

النهاية

خمس وثلاثون سَنة مرَّت تجرَّعتُ خلالها مرارة الحرمان مِن ابني.

قاطعها العميد بسؤال هَيَّضَ الأحزان كلَّها:

- لكن.. أنتِ كنتِ ابنة عشرين، فكيف لَم تُرزَقي بأطفال آخرين غير وليد؟!

تضرَّج وجهها حزناً وغضباً وردَّت:

- برغم زياراته لي المتباعدة كان لي أن أُرزَق بآخَرين لولا أنَّه أصرَّ على استخدام كل وسائل منع الحمل محذِّراً إيَّاي مِن أنَّ طفلاً آخَر سيكون مصيره ليس كوليد فحسب، بل ربما أسوأ؛ بأن يتركه في ملجأ أيتام.

حُرِمتُ متعة الدنيا الحقيقية وبهجتها، لكن ما بيدي حيلة وأنا أجنبية، ولا مكان لي ألجأ إليه.

غمغم العميد:

- إجرَام متجسِّد في رجل.

استطردَتِ المرأة:

- طوال تلك السنين لَم أتخلَّف يوماً واحداً عن انتظاره خارج منزلهم بغية رؤيته ليكون لي ذلك زادَ اليوم كله.

اتَّصلتُ على زوجي في يومه الأخير، وطلبتُ زيارته لأضع النقاط على الحروف، فلَم تعُد لي بقية صبر، فخشي مِن كشف سَوءَته أواخر أيامه، فوافَقَ على زيارته قائلاً: "تعالي الساعة ولا تطيلي، فليس في البيت أحد".

وكان قد طلب مِن العاملة قبل أن تخرج أن تترك الباب الخارجي موارباً بحجة أنَّ صاحباً له سيزوره عند الظهر.

- جلستُ قبالته.. كان قد مضى على آخِر زيارة له لشقتي سَنة كاملة، كم تدهوَرَت صحته حتَّى باتت يداه بالكاد تصلان لكوب يوضع على الطاولة بجانب سريره.

لَم أُضَيِّع الوقت.. أعلم أنَّه قلِق مِن رجوع أحد، ولا قدرة حينها على التفسير والتبرير لوجودي معه، طلبتُ منه فقط أن يكون لوليد حظٌّ مِن ماله، فهو إن وافَته المنيَّة فلن يكون لوليد بحكم الإرث شيءٌ؛ فهو ليس ابنه رسمياً، فطمأنني بأنَّه لن يكون لوليد ظالماً، بل إنَّه قد أوصى له فِعلاً بسدس ماله العريض، وأنَّ

محاميه عنده الوصية بذلك محفوظة في مكتبه، ولا أحد يعلم عنها شيئاً!

اكتفيتُ منه بذلك، وقمتُ على عجل، وما إن بلغتُ باب الصالة حتَّى سمعتُ فحَّةً فالتفتُّ فإذا به قد تلبَّسَته أزمة الربو.. لَم أرَه يعاني منها كمثل الساعة، كان يطلب النَّفَس بشدة فلا يجده، امتدَّت يده لعبوة الرذاذ على الطاولة فأخذها بيد ترتعش ضعفاً ومرضاً.

اشتدَّت عليه الأزمة، وبات يُسمَع لمرور الهواء داخل فمه وأنفه صوتٌ عالٍ.

قَبل أن يبلغ العبوة منتصف المسافة سقطَت مِن يده، زاغَت عيناه وهو يلاحق موقع سقوطها.

توقَّفَتِ المرأة عن المتابعة.. نظر إليها العميد بعينين قلقتين، ثم أشار لها بالإكمال.

تنهَّدَت داليا، ثمَّ قالت بصوت قاسٍ: هو ما تفكِّر فيه يا عميد! لَم أجد في نفسي ذَرَّةً مِن رحمة تكون لي عوناً في مساعدته.

أكملتُ طريقي خارجاً بلا خشية مِن ضمير، لئِن كان مقدَّراً بقاؤه سيبقى، ولئن كان الموت فهو القَدَر الذي لا مفرَّ منه.

وفي جلسة ليلة الجمعة وقد أخذَت مجموعة الدفع الرباعي موضعها المعروف في الركن الأثير، سردَ عليهم العميد تفاصيل التحقيق حتى اعتراف داليا وعلاقتها بوليد.

تبسَّمَ برهوم وقال:

- أخيراً.. والحمد لله لم نتجاوز الأيام الثلاثة التي قُلنا بانتهاء القضية فيها.

العميد:

- ولأنَّ دوركم لا يُنكَر يا أحباب، فإنِّي أدعوكم الآن لعشاء فاخر في مطعم راقٍ لا يدخله إلا صفوة الصفوة.

عمير:

- عسى عندهم بامياء عمي؟

ضجَّ الجميع بالضحك.

وكعادته مع عمير التفتَ إليه حمودي قائلاً:

- فيه بامياء، لكن بطريقة خاصة بهم لا بطريقتك الشعبية، فلا تفضحنا!

رفع محيسن بيديه القويتين ابن عمه حمودي عالياً قائلاً:

- هل تسكت أم أرميك خارجاً؟!

ضجَّتِ الغرفة بالضحك وبتوسُّلات حمودي لمحيسن أن ينزله.

أشار العميد لمحيسن بإنزاله قائلاً:

- لا نريد إصابات، أم أنكم لا تريدون العشاء؟!

نطق الجميع:

- لا.. إلا هذا!!

وفي ذلك المطعم الفخم.. التقُّوا حول مائدة عامرة بأصناف اللحوم والمقبلات والعصائر الطازجة.

محيسن وقد طبطب على بطنه قال مبتسماً:

- هكذا هي الحوافز وإلا فلا.

كان الجميع قريبين من الانتهاء.. حانت التفاتة من العميد للباب الخارجي ثم فغر فاه دهشة.. التقطها البقية فاستداروا للبقعة التي كان ينظر إليها.

رفع العميد يده مشيراً باتجاه امرأة وشابٍّ قد احتواها بذراعه قائلاً:

- هل تعلمون مَن هذان؟! إنَّهما داليا وابنها وليد!

- لكن عمِّي.. نطق بها عمير ثم واصل: ألم تقل إنَّها تركَّت زوجها بدون أن...

العميد وقد فهم قصده:

- جريمة غير مكتملة الأركان.. هي لم تَقتُل.. ولَم تقم بفِعل!

صوب حمودي النظر إليهما وقد احتلَّا طاولة قصية ثم قال:

- كأنهما طائرَا حبٍّ يغرّدان لخاصة نفسهما.

التفت العميد إليهما، ومكثَ برهة ينظر إليهما، ثمَّ غمغم:

- مِن زاوية نظر.. هي جريمة! ومِن زاوية أخرى ربَّما كانت.. قمة العدالة!

تمَّت